オンライン！7

ハニワどろちゃんと獣《じゅう》悪《あく》魔《ま》バケオス

雨蛙ミドリ・作
大塚真一郎・絵

角川つばさ文庫

もくじ

八《や》城《しろ》 舞《まい》

困《こま》っている人《ひと》を放《ほう》っておけない優《やさ》しい女《おんな》の子《こ》。ゲームがニガテで勉強《べんきょう》が得意《とくい》。ちょっと鈍感《どんかん》!?

最近《さいきん》の自慢《じまん》 ナイトメアでレベルが沢山《たくさん》上《あ》がったこと（これは努力《どりょく》の成果《せいか》だから自慢《じまん》できるよね！）

最近《さいきん》の失敗《しっぱい》 お菓子《かし》作《づく》りで砂糖《さとう》の入《い》れ忘《わす》れ（み、みんなには絶対《ぜったい》ナイショだよ）

朝《あさ》霧《ぎ》退《たい》助《すけ》

マジメで純粋《じゅんすい》で優《やさ》しい男《おとこ》の子《こ》。舞《まい》のことが気《き》になるけど、照《て》れてばっかりで進展《しんてん》は…？

最近《さいきん》の自慢《じまん》 お店《みせ》に並《なら》んでるプリンから一番《いちばん》美味《おい》しそうなのを見《み》分《わ》けるのは得意《とくい》だよ！ ˚ー˚{♪

最近《さいきん》の失敗《しっぱい》 転《ころ》んで買《か》ったプリンが崩《くず》れてしまったことかな……。˚ー˚、

杉浦慎二《すぎうらしんじ》

絶大《ぜつだい》な女子人気《じょしにんき》を誇《ほこ》る理事長《りじちょう》の息子《むすこ》。イケメンだけど、いつも近寄《ちかよ》りがたいオーラを放《はな》っている。

最近《さいきん》の自慢《じまん》……特《とく》にないな
最近《さいきん》の失敗《しっぱい》……特《とく》にないな
太一《たいち》「杉浦《すぎうら》さん、そればっかりなしっすよ！自《じ》慢《まん》できるのは怖《こわ》い顔《かお》、失敗《しっぱい》は運《うん》が常《つね》に悪《わる》いっすよ。代《か》わりに僕《ぼく》が答《こた》えてあげたっす」
杉浦《すぎうら》「ほお……。随分《ずいぶん》と言《い》いたい放題《ほうだい》だな……」
太一《たいち》「……！（ハッ）」

反後太一《たんごたいち》

杉浦《すぎうら》さんをおちょくれる唯一《ゆいいつ》の人間《にんげん》。背《せ》が小《ちい》さいことを気《き》にしているので、「チビ」は絶対《ぜったい》に禁句《きんく》。

最近《さいきん》の自慢《じまん》 ちょっとだけ背《せ》がのびたっす！ほんとっすよ！ウソじゃないっすからね！
朝霧《あさぎ》「そうなんだ（な、なんだかウソくさいな…）」
最近《さいきん》の失敗《しっぱい》 休《やす》みの日《ひ》なのに早起《はやお》きしちゃったっ事《こと》っすかね！
舞《まい》「えっ!?（それ失敗《しっぱい》なの!?）」

アメリー

最近《さいきん》の自慢《じまん》 ザルちゃんとタオちゃんと友達《ともだち》になった事《こと》
最近《さいきん》の失敗《しっぱい》 朝《あさ》に飴《あめ》を食《た》べ過《す》ぎてお昼《ひる》のおやつがなくなった

もともとは舞《まい》と対《たい》戦《せん》した敵《てき》モンスター。今《いま》では舞《まい》と大《だい》の仲《なか》良《よ》し！飴《あめ》さえあれば、元気《げんき》!?

ナイトメアは次々《つぎつぎ》とあなたの周囲《しゅうい》の人達《ひとたち》を巻《ま》き込《こ》むでしょう。
だけど絶望《ぜつぼう》に負《ま》けないでください。
誰《だれ》にでも手《て》を差《さ》し伸《の》べる――。
その優《やさ》しさがあれば、未来《みらい》が闇《やみ》に包《つつ》まれることはない。
そして、いつか本当《ほんとう》の希望《きぼう》が訪《おとず》れるでしょう。

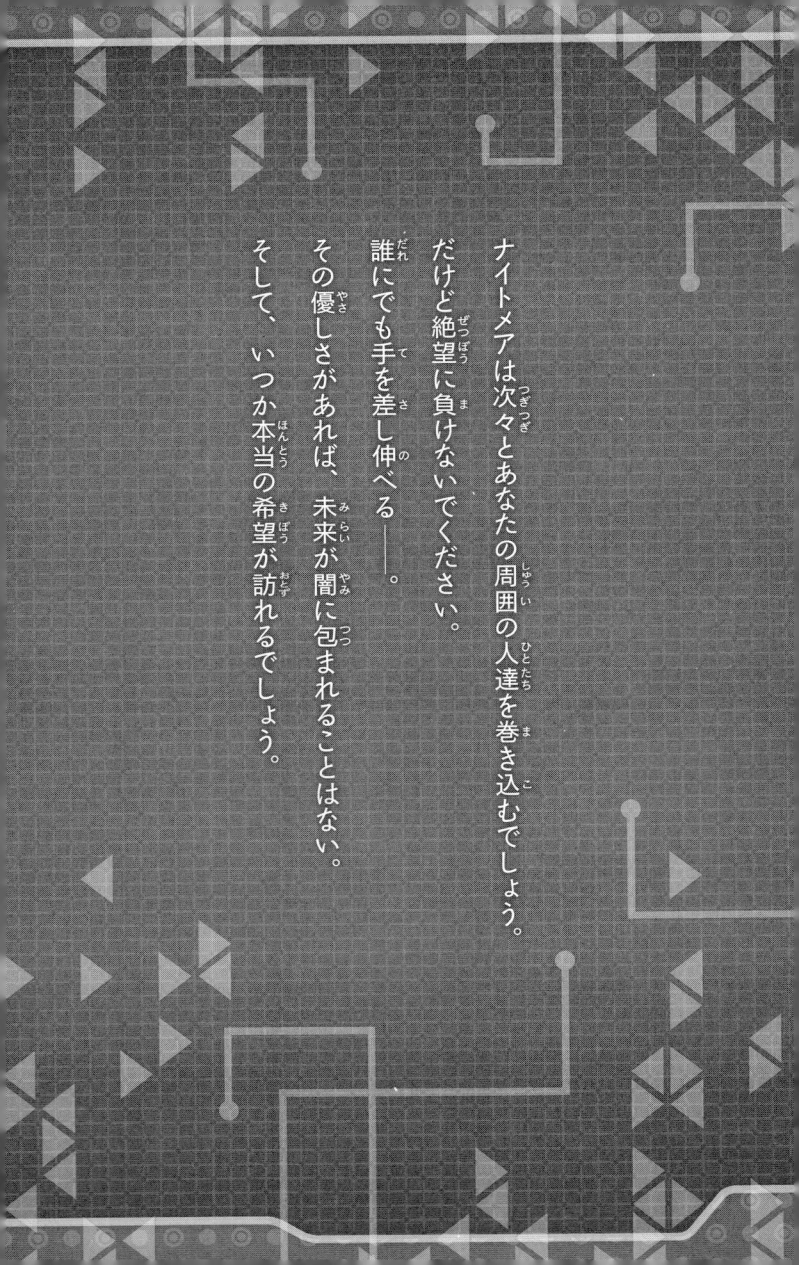

ナイトメア

このゲームをはじめますか？

【YES】　　【NO】

1 これまでの物語《ものがたり》

私《わたし》、八城舞《やしろまい》。

私立緑花学園《しりつりょくかがくえん》に通《かよ》ういたって真面目《まじめ》で普通《ふつう》の高校《こうこう》二年生《ねんせい》……のはずだったんだけど……。

「ナイトメア」っていうとんでもないゲーム機《き》が届《とど》いてから私《わたし》の生活《せいかつ》は激変《げきへん》。

ゲーム内《ない》で、毎日《まいにち》100CPを稼《かせ》がなければ、自分《じぶん》そっくりのアバターが死《し》んでしまう。

そして、そのアバターの復活《ふっかつ》には、実際《じっさい》に自分《じぶん》の身体機能《しんたいきのう》の一部《いちぶ》を「代償《だいしょう》」として悪魔《あくま》に差《さ》し出《だ》さなければならないの。

すぐにこの「代償《だいしょう》」をバトルで取《と》り戻《もど》せればいいけれど、取《と》り戻《もど》せないうちにアバターがまたやられてしまうと、また次《つぎ》の代償《だいしょう》を差《さ》し出《だ》すことになって、最終的《さいしゅうてき》に心臓《しんぞう》の機能《きのう》さえも止《と》められてしまう可能性《かのうせい》がある……。

こんなあり得《え》ないルールがいっぱいの命《いのち》がけのゲームに強制参加《きょうせいさんか》させられてしまったの。

恐怖《きょうふ》と隣《とな》り合《あ》わせの毎日《まいにち》だけど、緑花学園《りょくかがくえん》が運営《うんえい》する部活《ぶかつ》「ナイトメア攻略部《こうりゃくぶ》」に入《はい》れたことで、沢山《たくさん》の仲間《なかま》と一緒《いっしょ》にゲームクリアを目指《めざ》すことになったよ。

ゲームは怖《こわ》いけど、仲間《なかま》がいれば、一人《ひとり》ぼっちでプレイするより強《つよ》くなれている気《き》がするんだ。

前回《ぜんかい》の朱《しゅ》のイベントには、部活《ぶかつ》の主力《しゅりょく》チームである、私《わたし》たち攻略班《こうりゃくはん》の四人《にん》で参加《さんか》。

いつも優《やさ》しい朝霧《あさぎ》さん、言葉《ことば》はキツイけど頼《たよ》りになる杉浦《すぎうら》さん、どんな時《とき》でもマイペースな太一《たいち》さん、そして運動《うんどう》は苦手《にがて》だけど考《かんが》えることは得意《とくい》な私《わたし》、この四人《にん》が攻略班《こうりゃくはん》のメンバー。

イベントでは私《わたし》たちにソックリのニセモノが出《で》てきて、バトルになったんだ。

みんなで力《ちから》をあわせてなんとか乗《の》り切《き》ったけど、朝霧《あさぎ》さんに攻撃《こうげき》されるなんて、二度《にど》とゴメンだよ。

あれは今《いま》までで最大《さいだい》のピンチだったかも……。

でも、前回《ぜんかい》もなんとか無事《ぶじ》にクリアすることができた。

いつの日《ひ》か、ナイトメアを完全《かんぜん》クリアするまで、私《わたし》たち攻略部《こうりゃくぶ》は絶対《ぜったい》にくじけないんだから！

2 朝《あさ》霧《ぎ》さんが寝《ね》坊《ぼう》？

昨日《きのう》で六回目《かいめ》のイベントクリアかぁ……。

早起《はやお》きした私《わたし》は窓《まど》から自分《じぶん》の通《かよ》っていた私立緑花学園《しりつりょくかがくえん》の方角《ほうがく》を見《み》つつ、ぼんやりとそんなことを考《かんが》えていた。

学園《がくえん》の寮内《りょうない》に、ナイトメアを攻略《こうりゃく》するために設立《せつりつ》されたその名《な》も「ナイトメア攻略部《こうりゃくぶ》」があるおかげで、ナイトメアが届《とど》いた生徒《せいと》は、学園《がくえん》の寮《りょう》で寝起《ねお》きや食事《しょくじ》だけでなく、授業《じゅぎょう》まで受《う》けられるようになっている。

そして放課後《ほうかご》には、みんなでナイトメア。

もちろん場合《ばあい》によっては、授業《じゅぎょう》そっちのけで、ナイトメアをプレイすることもある。

つねに、ナイトメア最優先《さいゆうせん》の生活《せいかつ》を許《ゆる》されているというわけ。

本当《ほんとう》に至《いた》れり尽《つ》くせり。

でも学園《がくえん》のみんなは元気《げんき》かなってときどき思《おも》っちゃうんだ。

ナイトメアは日本中《にほんじゅう》で話題《わだい》になっているし、きっと学校《がっこう》にいる子達《こたち》もいつ自分《じぶん》のところにナイトメアが届《とど》くかって不安《ふあん》な毎日《まいにち》を過《す》ごしているはず。

だからそのためにもナイトメアの攻略《こうりゃく》を頑張《がんば》らなきゃって思《おも》う。

危《あぶ》ない敵《てき》やマップを見《み》つけて情報提供《じょうほうていきょう》できれば、それだけで被害《ひがい》がぐっと減《へ》る。

そして、最終的《さいしゅうてき》には絶対《ぜったい》にこのナイトメアをクリアして、被害者《ひがいしゃ》ゼロにするんだ。

ふと時計《とけい》が目《め》に入《はい》る。

昨日《きのう》、イベントがあったので、今日《きょう》はきっと、そろそろ杉浦《すぎうら》さんが扉《とびら》を叩《たた》きに来《く》るころ……。

――ドンドンドンッッ!!!

ほらきた!

いつも通《どお》りドアが壊《こわ》れそうなぐらい激《はげ》しく叩《たた》く杉浦《すぎうら》さん。

もうっ、最近《さいきん》は遅刻《ちこく》してないはずなのに!

「杉浦《すぎうら》さん、起《お》きてますよ!　それからもう少《すこ》し丁寧《ていねい》に叩《たた》いてくれませんか」

「寝坊《ねぼう》するかもしれない奴《やつ》を起《お》こしにきてやってんだぞ。静《しず》かに叩《たた》く意味《いみ》なんてねーだろ」

「……」

いやいや、そりゃ起《お》こすためとはいえ、一応女《いちおうおんな》の子《こ》の部屋《へや》なんだから……なんて、杉浦《すぎうら》さんに言《い》えるはずないか。

「おい、起《お》きてんなら、早《はや》く出《で》てきやがれ。結局遅刻《けっきょくちこく》するぞ」

「あ、はい！」

……あれ？

今日《きょう》は、朝霧《あさぎ》さんの声《こえ》がしない？

何気《なにげ》なくショック！

いや、でも声《こえ》がしないだけかも？

淡《あわ》い期待《きたい》をしながらも、扉《とびら》を開《あ》ける。

が、やっぱりそこには杉浦《すぎうら》さんしかいない。

しかも真顔《まがお》だ。

な、なんだか怖《こわ》いぞ。

「お、おはようございます……」

「ああ」

「あ、あの」

「なんだ？」

「朝霧《あさぎ》さんはどうしたんですか？」

恐《おそ》る恐《おそ》る尋《たず》ねてみると杉浦《すぎうら》さんはあごに手《て》を当《あ》てて考《かんが》え込《こ》む。

「……そういやまだ今日《きょう》は奴《やつ》の顔《かお》を見《み》てねえな」

「あぁ。太一《たいち》は昨日《きのう》の夜《よる》からずっと部室《ぶしつ》で眠《ねむ》りこけてたけどよ。朝霧《あさぎ》は部室《ぶしつ》にも食堂《しょくどう》にもいなかったな」

「えっ⁉　そうなんですか？」

――‼

「え！　朝霧《あさぎ》さん、まさかまだ寝《ね》てるんじゃないですか⁉」

「それはないだろ。お前《まえ》じゃあるまいし」

うっ！　全《まった》く失礼《しつれい》しちゃうなあ。

杉浦《すぎうら》さんの中《なか》では私《わたし》イコール寝坊《ねぼう》の法則《ほうそく》が成立《せいりつ》しているみたい。

確《たし》かに何度《なんど》か寝坊《ねぼう》しちゃったけど、いつまでも私《わたし》を前《まえ》の私《わたし》と同《おな》じと思《おも》わないでほしいな。私《わたし》だって日々成長《ひびせいちょう》してるんだから！

はぁ。でも、寝坊《ねぼう》キャラの汚名返上《おめいへんじょう》するには、まだまだ時間《じかん》がかかりそうだなあ。

それに、今《いま》は反論《はんろん》するよりも、朝霧《あさぎ》さんの方《ほう》が気《き》になる。

「あの。まだ時間《じかん》ありますよね？　とりあえず朝霧《あさぎ》さんの部屋《へや》を見《み》に行《い》ってみませんか？」

「ああ。それは構《かま》わないが」

ということで私《わたし》と杉浦《すぎうら》さんは朝霧《あさぎ》さんの部屋《へや》の前《まえ》までやってきた。

ドンドンドンッ‼

杉浦《すぎうら》さんが私《わたし》の部屋《へや》と同《おな》じように扉《とびら》をおもいっきり叩《たた》く。

でも反応《はんのう》はない。

「やっぱり、ここにはいないんですかね」

「そうでもねえぜ。ほら、みろよ、あれ」

杉浦《すぎうら》さんはいつの間《ま》にか、朝霧《あさぎ》さんの部屋《へや》の中《なか》に入《はい》っていた。

あれ？　朝霧《あさぎ》さん、部屋《へや》の鍵《かぎ》かけてないの？

というか……。

「えっ！　ちょっと！　勝手《かって》に入《はい》っていいんですか⁉」

「構《かま》わねえだろ。ノックで起《お》きねえ奴《やつ》が悪《わる》い」

そんなむちゃくちゃな。

なんて思《おも》ってみたりしたけど、やっぱり朝霧《あさぎ》さんの様子《ようす》が気《き》になる。

ごめんなさい、朝霧《あさぎ》さん！　許可《きょか》なくお部屋《へや》にお邪魔《じゃま》します！

朝霧《あさぎ》さんは、珍《めずら》しくまだベッドの中《なか》だった。

って、すごい汗《あせ》！

それになんだかうなされてる？

「う……うう。ごめ……ごめん……舞《まい》さん……」

ん？　寝言《ねごと》だよね？

でもどうして私《わたし》に謝《あやま》っているのかな？

「昨日《きのう》の夢《ゆめ》でも見《み》てんじゃねえのか？」

「昨日《きのう》ってイベントの夢《ゆめ》ですか？」

「あぁ、前回《ぜんかい》のイベントで俺《おれ》らのニセモノと戦《たたか》ったろ？　その時《とき》、朝霧《あさぎ》のニセモノがお前《まえ》を一度《いちど》ゲームオーバーにして……」

「でもそれは朝霧《あさぎ》さんのせいじゃないですよ」

「だとしてもコイツは気《き》にしてんじゃねえのか？　だから夢《ゆめ》にまで見《み》てうなされているんだろ」

「そんな……朝霧《あさぎ》さん……」

「とりあえず起《お》こすか」

そう言《い》って杉浦《すぎうら》さんは部屋《へや》に備《そな》え付《つ》けられている小型《こがた》の冷蔵庫《れいぞうこ》の方《ほう》に向《む》かっていく。

……起《お》こすのにどうして冷蔵庫《れいぞうこ》を開《あ》けるんだろう？

そう思《おも》っていたら、杉浦《すぎうら》さんは冷蔵庫《れいぞうこ》から持《も》ってきた氷《こおり》のブロックを静《しず》かに朝霧《あさぎ》さんのおでこに置《お》いた。

「……う、うわあ!?」

うなされていたはずの朝霧《あさぎ》さんがすぐに飛《と》び起《お》きた。

そして周囲《しゅうい》をキョロキョロしたかと思《おも》うと目《め》をまん丸《まる》くして、大声《おおごえ》をあげた。

「えっ……あれ？　って！　ま、ままっ！　舞《まい》さん、どうしてここに!?　それに杉浦《すぎうら》さんも……」

「テメエを起《お》こしにきたに決《き》まってんだろ」

「えっ、僕《ぼく》を!?」

朝霧《あさぎ》さんはハッとし、壁《かべ》にかかっている時計《とけい》に目《め》をやった。

「うわっ、もうこんな時間《じかん》なんだ。どうしよう！　遅刻《ちこく》しちゃう！」

朝霧《あさぎ》さんってば、杉浦《すぎうら》さんにあんなヒドい起《お》こし方《かた》をされたのに、そのへんは全《まった》く気《き》にしてないみたい。

私《わたし》だったら、まず杉浦《すぎうら》さんに文句《もんく》言《い》っちゃうけどなぁ。

「はあ、まさかテメエが寝坊《ねぼう》するとは思《おも》ってもいなかったぞ」

「す、すみません……」

朝霧《あさぎ》さんは布団《ふとん》から出《で》るとぺこりと頭《あたま》を下《さ》げる。

「まあいい。とりあえず早《はや》く準備《じゅんび》しろ。急《いそ》げば間《ま》に合《あ》うだろ」

「は、はい」

私《わたし》たちは朝霧《あさぎ》さんが準備《じゅんび》するのを部屋《へや》の外《そと》で待《ま》つ。

「すみません、お待《ま》たせしました」

ほとんど時間《じかん》を置《お》かず、朝霧《あさぎ》さんが部屋《へや》から出《で》てきた。

そのせいか、髪《かみ》の毛《け》がクシャクシャな上《うえ》に眼鏡姿《めがねすがた》だ。

更《さら》に手《て》には、ラップにくるまれたおにぎりがにぎられている。

食《た》べながら行《い》くつもりなのかな？

「おい……。せめて髪《かみ》ぐらいとけよ」

「いいんです。放課後《ほうかご》までには身《み》なりを整《とと》えますから。ぼ、僕《ぼく》のせいで、舞《まい》さんを遅刻《ちこく》させるわけにはいかないですから」

ええっ。私《わたし》の為《ため》に支度《したく》を急《いそ》いでくれたの？

嬉《うれ》しいけど、なんだか申《もう》し訳《わけ》ない気《き》もする。

「まあ、テメエがそれでいいんなら俺《おれ》は構《かま》わないが」

ふふ。ぼさぼさ頭《あたま》の朝霧《あさぎ》さんは、雰囲気的《ふんいきてき》に、アメリーとの頭脳戦《ずのうせん》で最初《さいしょ》に出会《であ》った時《とき》の朝霧《あさぎ》さんみたい。

なんだか懐《なつ》かしいなぁ。

と、そんな風《ふう》に私《わたし》が思《おも》い出《だ》している間《あいだ》にも杉浦《すぎうら》さんはスタスタと歩《ある》き出《だ》していた。

朝霧《あさぎ》さんが猛《もう》スピードで支度《したく》を済《す》ませてくれたから、まだ時間《じかん》には少《すこ》し余裕《よゆう》があるのに。

「あの、朝霧《あさぎ》さん」

「ん？　なんだい？」

朝霧《あさぎ》さんはおにぎりを頬張《ほおば》りながら私《わたし》を見《み》る。

「なんだかすみません。せかしちゃって」

「えっ！　謝《あやま》らなくていいよ！　僕《ぼく》が舞《まい》さんと話《はな》をしながら行《い》きたかったから急《いそ》いだだけなんだ。……それにちょっと嫌《いや》な夢見《ゆめみ》たから……」

そう言《い》うと朝霧《あさぎ》さんは顔《かお》を曇《くも》らせた。

「舞《まい》さんとイベントに参加《さんか》している夢《ゆめ》なんだけどさ、間《ま》に合《あ》わなくてまた舞《まい》さんを助《たす》けられなかったんだ」

「そんな夢《ゆめ》だったんですか」

「あんなことあっちゃいけないことなのに」

「……あの、朝霧《あさぎ》さん。もし、今後《こんご》また私《わたし》がゲームオーバーになることがあったとしても、自分《じぶん》のせいだと思《おも》わないでくださいね。私《わたし》は、朝霧《あさぎ》さんが悪《わる》い夢《ゆめ》を見《み》て苦《くる》しんでる姿《すがた》を見《み》る方《ほう》が辛《つら》いです」

「ま、舞《まい》さん、そ、そ、そ、それって……僕《ぼく》の事《こと》心配《しんぱい》してくれてるの？」

「当《あ》たり前《まえ》ですよ。朝霧《あさぎ》さんが元気《げんき》なかったら心配《しんぱい》です。ってきゃ！」

私《わたし》の両手《りょうて》が朝霧《あさぎ》さんの両手《りょうて》で包《つつ》み込《こ》まれる。

そして、朝霧《あさぎ》さんはぶんぶんと腕《うで》をふった。

「ありがとう！　ありがとう！　舞《まい》さん！　き、君《きみ》に気《き》にかけてもらえているなんて……とってとっても嬉《うれ》しいな。昔《むかし》の僕《ぼく》が今《いま》の僕《ぼく》を知《し》ったら、きっとうらやましがるぞ！」

「え？」

「あぁあああ。な、なんでもないよ。えへへ。ご、ごめんね。手《て》をにぎっちゃって」

朝霧《あさぎ》さんは私《わたし》の両手《りょうて》をそっと離《はな》すと、頭《あたま》をかいたり、顔《かお》をおおったりしていた。

もちろんほっぺは真《ま》っ赤《か》。

「よ、よし舞《まい》さん、今《いま》は、さぁ一時間目《じかんめ》の授業《じゅぎょう》に行《い》こうじゃないか」

朝霧《あさぎ》さんは、急《きゅう》にそう言《い》うとシャキンッと背筋《せすじ》を伸《の》ばし歩《ある》き出《だ》した。でも、そんな朝霧《あさぎ》さんは、なぜか、右手右足《みぎてみぎあし》が一緒《いっしょ》に出《で》ている……。

ふふっ、でも良《よ》かった。

朝霧《あさぎ》さんは元気《げんき》でいてほしいもんね。

かっこいい朝霧《あさぎ》さんはどっち？

授業《じゅぎょう》も終《お》わり、あっという間《ま》に放課後《ほうかご》の時間《じかん》。

ん？

ナイトメアからメールが来《き》ている？

いつものように箱《はこ》が添付《てんぷ》されていた。

イベントのクリア後《ご》にいつも送《おく》られてくるアイテムで、今回《こんかい》は朱色《しゅいろ》の箱《はこ》だ。

使《つか》い方《かた》は毎度《まいど》のことながら分《わ》からない。

何《なに》か重要《じゅうよう》なアイテムだとは思《おも》うけれど、まだまだこの箱《はこ》の謎《なぞ》は解《と》けそうにない。

うーんと考《かんが》え込《こ》んでいると、近《ちか》くでハアッとため息《いき》をつく声《こえ》が。

「ううう、今日《きょう》の数学《すうがく》は難《むずか》しかったっす～」

太一《たいち》さんだ。

太一《たいち》さんはうめき声《ごえ》をあげながらノートと睨《にら》めっこをしている。

ナイトメア攻略部《こうりゃくぶ》として、授業《じゅぎょう》を受《う》けるようになってから、高《こう》一から高《こう》三までみんな一緒《いっしょ》に授業《じゅぎょう》を受《う》

けている。

三年生《ねんせい》の太一《たいち》さんにとっては、復習《ふくしゅう》の側面《そくめん》もあったはずなんだけどな？

「私《わたし》もちょっと理解《りかい》できなかったかも。どうしよう……」

尚美《なおみ》ちゃんも困《こま》ったような声《こえ》をあげている。

「あたしなんて基礎《きそ》すら分《わ》かんなかったよ！　もう無理《むり》っ！　おてあげ！　こんなんなら、一日中《いちにちじゅう》ナイトメアやってる方《ほう》がいいかもー」

え!?　なんてアブナイ発言《はつげん》!!

そんなびっくりするような言葉《ことば》とともにバタンと机《つくえ》にうつぶせになったのは、陽子《ようこ》さんだ。

「みんな、参《まい》ってるみたいだね」

「あ、朝霧《あさぎ》さんは分《わ》かりました？」

「うっ。実《じつ》は僕《ぼく》も応用問題《おうようもんだい》が間違《まちが》っててさ……」

朝霧《あさぎ》さんは苦《にが》い顔《かお》をしている。

みんなかなり困《こま》っているみたい。

「あの、朝霧《あさぎ》さん。私《わたし》で良《よ》ければ教《おし》えましょうか？」

私《わたし》は今《いま》のところ、数学《すうがく》で困《こま》っているところはない。今日《きょう》の問題《もんだい》もすべて解《と》くことが出来《でき》ていた。

「えっ、いいのかい？」

「はい」

私《わたし》は朝霧《あさぎ》さんに応用問題《おうようもんだい》の解《と》き方《かた》を教《おし》えてあげた。

「という感《かん》じで、この答《こた》えが出《で》るわけですが……理解《りかい》できましたか？」

なんだか私《わたし》の方《ほう》がドキドキするなあ。

いつも、ナイトメアでは助《たす》けてもらってばっかりで、こんな風《ふう》に誰《だれ》かに教《おし》えてあげることってあまりなかったし。

「すごいよ、舞《まい》さん！　すごく分《わ》かりやすいよ！」

その言葉《ことば》が聞《き》こえたのか、攻略部《こうりゃくぶ》のみんなが一斉《いっせい》に私《わたし》たちのいる場所《ばしょ》に集《あつ》まってきた。

「舞《まい》ちゃん、あたしにも教《おし》えて！　お願《ねが》い、このままじゃ次《つぎ》のテスト赤点《あかてん》になっちゃう～」

「僕《ぼく》も頼《たの》むっすよ」

「あ、僕《ぼく》もお願《ねが》い……ここ……分《わ》からなくて……」

「ミャー」

平田《ひらた》さんが来《き》たからか、なぜかミュータまで寄《よ》ってきた。

「分《わ》かりました。じゃあ今日《きょう》の出題《しゅつだい》の部分《ぶぶん》、最初《さいしょ》からやりますね？　適当《てきとう》に近《ちか》くに集《あつ》まってもらえますか？」

すると数学《すうがく》の教科書《きょうかしょ》を手《て》にした杉浦《すぎうら》さんが無言《むごん》で私《わたし》の隣《となり》の席《せき》に座《すわ》る。

ええっ！　まさか杉浦《すぎうら》さんも？

見《み》ると朝霧《あさぎ》さんとは違《ちが》う部分《ぶぶん》だけど、やはり応用《おうよう》の問題《もんだい》が間違《まちが》っていた。

うわあ、なんだか杉浦《すぎうら》さんに教《おし》えるって変《へん》な気分《きぶん》。

緊張《きんちょう》しちゃうよ。


そして二時間《じかん》が経過《けいか》。

なんとかみんなに教《おし》え終《お》わった。

ありがとうと口々《くちぐち》にみんなにお礼《れい》を言《い》われ、私《わたし》も満足感《まんぞくかん》でいっぱいになった。

緊張《きんちょう》したけどやっぱり嬉《うれ》しいなあ。

よーし。これからもみんなの役《やく》に立《た》てるように頑張《がんば》ろっと！

パタンと数学《すうがく》の教科書《きょうかしょ》を閉《と》じる。

「お疲《つか》れ様《さま》、舞《まい》さん。すごく分《わ》かりやすくて助《たす》かったよ」

朝霧《あさぎ》さんがニコッと笑《わら》う。

「いえいえ。いつも私《わたし》の方《ほう》が助《たす》けてもらっているので、力《ちから》になれてよかったです」

「てか、今更《いまさら》だけど朝霧《あさぎ》さん。今日《きょう》は髪《かみ》の毛《け》ボサボサだし、どうしたの〜。ヤバい格好《かっこう》だよね。あたし、一目見《ひとめみ》ただけじゃ誰《だれ》か分《わ》かんなかったよ」

陽子《ようこ》さんは朝霧《あさぎ》さんの跳《は》ねまくった髪型《かみがた》を見《み》てケラケラ笑《わら》っている。

「ハッ!! あっ、うわっ！ わわわわわっ!!!! そ、そうだった！ 放課後《ほうかご》までに身《み》なりを整《ととの》え直《なお》そうと思《おも》ってたのすっかり忘《わす》れてたよ」

うわーと、突然《とつぜん》ワタワタし始《はじ》める朝霧《あさぎ》さん。

「プッ。別《べつ》に今日《きょう》ぐらいそれでも問題《もんだい》ねえだろ」

「そうっすよ～。ある意味《いみ》その格好《かっこう》もイケてるっすよ」

「ほ、本当《ほんとう》に？ でも陽子《ようこ》さんはさっきヤバい格好《かっこう》だって……」

「そのヤバいの意味《いみ》は流行《りゅうこう》の先端《せんたん》を行《い》ってるってことっすね！ ほら、よく見《み》るとその髪型《かみがた》、無造作《むぞうさ》ヘアーでカッコいいっすよ～」

太一《たいち》さんは明《あき》らかに面白《おもしろ》がっている。

まあ、流石《さすが》の朝霧《あさぎ》さんもこれは信《しん》じないだろうと思《おも》っていたら――。

「そ、そうかな？」

え？

「そうすっよ。個性的《こせいてき》でいい感《かん》じっす」

「そう言《い》われるとそうなのかもって思《おも》えてくるなあ」

朝霧《あさぎ》さんは、嬉《うれ》しそうに髪《かみ》の毛《け》をクルクルし始《はじ》めた。

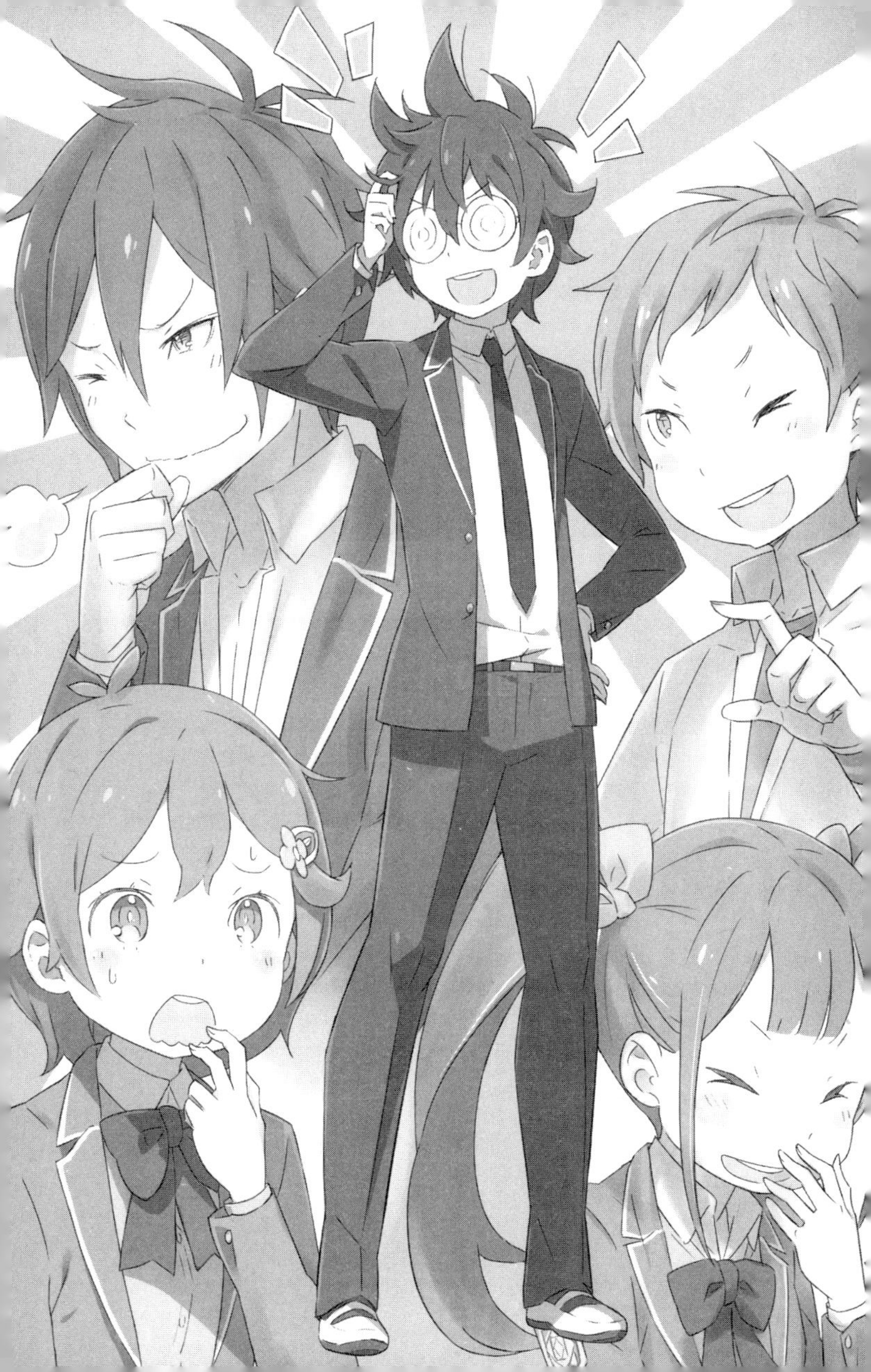

そして、なんと立《た》ち上《あ》がるとクルッとターンを決《き》めたりもしている。

ええっ！

まさかのまさかだ。

……朝霧《あさぎ》さん、騙《だま》されてるよ。

杉浦《すぎうら》さんと陽子《ようこ》さんは朝霧《あさぎ》さんから顔《かお》をそらして、ププッと笑《わら》いを堪《こら》えている。

「ね、ねえ、舞《まい》さんはどう思《おも》う？　やっぱりこの格好《かっこう》の方《ほう》が君《きみ》もいいと思《おも》うかい？」

「え⁉　えっと、いや、私《わたし》はいつもの朝霧《あさぎ》さんの方《ほう》がいいと思《おも》いますけど」

「──そうなの⁉　うん、分《わ》かった。なら、ちょっと行《い》ってくる！」

私《わたし》の言葉《ことば》を聞《き》くと、朝霧《あさぎ》さんはピューと物《もの》すごい勢《いきお》いで部室《ぶしつ》を後《あと》にした。

「舞《まい》の言葉《ことば》はホント最強《さいきょう》っすね」

「だね～。騙《だま》されかけた朝霧《あさぎ》さんを一瞬《いっしゅん》にしてもとに戻《もど》しちゃうんだもん」

「なら逆《ぎゃく》に舞《まい》があの格好《かっこう》がいいって言《い》えば、ずっとあれでいるんじゃねえのか？」

「ちがいないっすね。朝霧《あさぎ》のかっこ良《よ》さの判断《はんだん》の基準《きじゅん》は舞《まい》っすから」

そうは言《い》われても、私《わたし》、そこまでセンスはないと思《おも》うんだけどなあ。

「あの、陽子《ようこ》さん。今《いま》、ちょっといいですか？」

そのとき、やってきたのは増田《ますだ》さんと赤石《あかいし》さんだ。

「え？　あ、うん！　大丈夫《だいじょうぶ》だよ。なあに？」

「今《いま》から今後《こんご》の主力《しゅりょく》チームの対策《たいさく》を話《はな》し合《あ》おうと思《おも》うんです。陽子《ようこ》さんも出来《でき》れば参加《さんか》してもらえないかなと思《おも》って」

「いくいく！　いきます！」

大好《だいす》きな増田《ますだ》さんからの誘《さそ》いに陽子《ようこ》さんはウキウキしながら立《た》ち上《あ》がる。

「とりあえず赤石《あかいし》さんのレベル上《あ》げのスケジュールを組《く》みたいんです。メンテナンスが終《お》わったら、効率《こうりつ》のいいレベル上《あ》げができるように俺達《おれたち》でサポートしようと思《おも》います」

「うん、了解《りょうかい》！　頑張《がんば》ろう」

増田《ますだ》さんがいるってだけで陽子《ようこ》さんは幸《しあわ》せそう。

「や、やった！　陽子《ようこ》さん、僕《ぼく》のレベル上《あ》げにこんなに嬉《うれ》しそうに参加《さんか》してくれるなんて！　さては僕《ぼく》の魅力《みりょく》に気《き》づき始《はじ》めたな」

あらら、赤石《あかいし》さんは思《おも》いっきり勘違《かんちが》いしちゃってるよ。

赤石《あかいし》さんってねちっこい所《ところ》も多《おお》いけど、すごくプラス思考《しこう》だよね。

陽子《ようこ》さんは増田《ますだ》さん達《たち》と共《とも》に主力《しゅりょく》の集《あつ》まるブースに帰《かえ》っていった。

そうこうしていると朝霧《あさぎ》さんも戻《もど》ってきた。

戻《もど》ってきた朝霧《あさぎ》さんは、いつもの清潔感《せいけつかん》のある朝霧《あさぎ》さんだ。

「お待《ま》たせ」

「ちえっ。あっちのが面白《おもしろ》かったっすのに〜」

「もうっ、太一《たいち》！　面白《おもしろ》いってなんだよ！　さては僕《ぼく》をからかってたんだな⁉」

「そんなつもりはないっすよ。面白《おもしろ》いも褒《ほ》め言葉《ことば》っすしね！」

そのとき、わいわいしていた私《わたし》たちに低《ひく》い声《こえ》で割《わ》って入《はい》ってきたのは……。

「おい、お前《まえ》ら。いいかげんにしろ。ナイトメアはメンテナンス中《ちゅう》でもできることは山《やま》ほどあるんだ。気《き》を抜《ぬ》くんじゃねえぞ。数学《すうがく》の次《つぎ》はこれだ」

眉《まゆ》をつりあげた杉浦《すぎうら》さんだ。

書類《しょるい》を鞄《かばん》から取《と》り出《だ》し、ドンッと私《わたし》たちの目《め》の前《まえ》に置《お》く。

「あの、杉浦《すぎうら》さん。これは……？」

嫌《いや》な予感《よかん》しかしない。

「親父《おやじ》の会社《かいしゃ》の手伝《てつだ》いだ。今回《こんかい》は量《りょう》が多《おお》い。メンテナンス終了《しゅうりょう》までに終《お》わらせたいからな。お前《まえ》らも手《て》伝《つだ》え」

や、やっぱりぃ。

でも、杉浦《すぎうら》さんにいつもまかせっきりっていうのは、悪《わる》い気《き》がしてたのも事実《じじつ》。

ナイトメアクリアのためだもん。

協力《きょうりょく》し合《あ》わないとね！

「杉浦《すぎうら》さん、どのくらいやればいいですか？」

「フッ、なかなか物分《ものわ》かりがいいじゃねえか」

そう言《い》うと杉浦《すぎうら》さんは書類《しょるい》を四分割《ぶんかつ》にした。

といっても平等《びょうどう》な量《りょう》じゃない。

杉浦《すぎうら》さんが一番多《いちばんおお》いのは当然《とうぜん》だとしても、それと同《おな》じくらい朝霧《あさぎ》さんも多《おお》い。

で、私《わたし》はその半分《はんぶん》。太一《たいち》さんは更《さら》に私《わたし》の半分《はんぶん》くらい。

「えっ、杉浦《すぎうら》さん。私《わたし》たちはこれだけでいいんですか？」

「ああ、全員《ぜんいん》の作業内容《さぎょうないよう》が違《ちが》うからな。朝霧《あさぎ》のはパソコンを使《つか》う高度《こうど》な作業《さぎょう》だ。舞《まい》は誤字《ごじ》がないかの確《かく》認《にん》、太一《たいち》は単純《たんじゅん》な文字《もじ》の打《う》ち込《こ》みだ」

な、なるほど。みんなの能力《のうりょく》にあわせてってわけなのかな。

「僕《ぼく》も誤字《ごじ》の確認《かくにん》がいいっすよ〜。舞《まい》、変《か》えないっすか？」

「馬鹿野郎《ばかやろう》、誤字確認《ごじかくにん》はテメエが一番居眠《いちばんいねむ》りしやすい作業《さぎょう》だから却下《きゃっか》だ」

「うっ」

太一《たいち》さんは渋々《しぶしぶ》ノートパソコンを開《あ》けると作業《さぎょう》を開始《かいし》した。

杉浦《すぎうら》さんって、リーダーだけあって、やっぱりしっかりみんなの事《こと》を見《み》ているんだよね。

こうやって迷《まよ》わずに、それぞれに合《あ》った仕事《しごと》をふりわけちゃうんだもん。
それが実際《じっさい》、一番効率《いちばんこうりつ》が良《よ》かったりもするし。
怒鳴《どな》ったりしなくなれば、完璧《かんぺき》なリーダーなんじゃないかな？
なんて本人《ほんにん》には絶対言《ぜったいい》えないけどね！

4 海《かい》津《づ》牛《ぎゅう》丼《どん》店《てん》からの出《で》前《まえ》

ナイトメアが、メンテナンスに入《はい》ってから四日目《よっかめ》の放課後《ほうかご》。

なんとか杉浦《すぎうら》さんに頼《たの》まれていた作業《さぎょう》が完全《かんぜん》に終《お》わり、私《わたし》は久《ひさ》しぶりにのんびりした時間《じかん》を過《す》ごしていた。

近《ちか》くには団子《だんご》を頬張《ほおば》る太一《たいち》さんに、フルップリンを飲《の》む朝霧《あさぎ》さん、更《さら》にガムを噛《か》んでいる杉浦《すぎうら》さんがいた。

みんなそれぞれ好物《こうぶつ》を食《た》べてリラックスしている。

「もうそろそろメンテナンスが終《お》わりそうな時期《じき》っすよね」

「ああ、そうだな」

「次《つぎ》はどんなイベントが来《く》るのかな。ちょっと緊張《きんちょう》するなあ」

「朝霧《あさぎ》と舞《まい》は絶対《ぜったい》に参加《さんか》しなきゃならないっすもんね」

そうなんだ。最初《さいしょ》の黒《くろ》のイベントをクリアしてしまった私《わたし》と朝霧《あさぎ》さんは、それ以降《いこう》イベントに強制参《きょうせいさん》加《か》させられることが決《き》まってしまっている。

イベント参加券《さんかけん》には初《はじ》めから、私《わたし》たちの名前《なまえ》が記入《きにゅう》されているんだもん。

……つまり私《わたし》と朝霧《あさぎ》さんはナイトメアと勝負《しょうぶ》する代表者《だいひょうしゃ》になったってこと。

そんな風《ふう》に最近《さいきん》では、私《わたし》は覚悟《かくご》を決《き》め始《はじ》めたんだ。

「部《ぶ》の奴《やつ》らも疲《つか》れているみたいだな」

杉浦《すぎうら》さんがぐるりと部室《ぶしつ》を見渡《みわた》した。

ほとんどの人《ひと》が攻略《こうりゃく》サイトを見《み》たり、攻略雑誌《こうりゃくざっし》を見《み》たりして、メンテナンス明《あ》けに備《そな》え、予定立《よていだ》てや戦闘《せんとう》シミュレーションをしている。

命《いのち》がかかっている以上《いじょう》、みんな真剣《しんけん》だ。

「杉浦《すぎうら》さん、今回《こんかい》は何《なに》か気分転換《きぶんてんかん》になりそうなものはないんっすか？　ライブとか遊園地《ゆうえんち》の貸《か》し切《き》りとか……」

「あのなあ。毎回《まいかい》、そんなもんがメンテナンス中《ちゅう》に都合《つごう》よくやってると思《おも》うか？」

「……そうっすよね」

はあっと太一《たいち》さんは肩《かた》を落《お》とした。

「うーん。せめて力《ちから》がつくようなものが食《た》べたいなあ。こう、ガツッとした物《もの》を胃《い》の中《なか》に入《い》れたい気分《きぶん》なんだけど」

「確《たし》かにっす。今日《きょう》の夜《よる》ご飯《はん》はガツッと行《い》きたいっすね～」

「うん。僕《ぼく》、食堂《しょくどう》で丼《どんぶり》ものでも食《た》べようかなあ」

なんて朝霧《あさぎ》さんと太一《たいち》さんが話《はな》し合《あ》っていると、突然杉浦《とつぜんすぎうら》さんが鞄《かばん》の中《なか》をごそごそ。

そして一枚《まい》の紙《かみ》を取《と》り出《だ》すと、携帯《けいたい》を手《て》に立《た》ち上《あ》がった。

「おい、お前《まえ》ら！　このチラシの牛丼《ぎゅうどん》を今《いま》から注文《ちゅうもん》してやる。これで明日《あした》からの力《ちから》をたくわえろ！」

部室内《ぶしつない》から、わあっと歓声《かんせい》が起《お》こった。

「海津牛丼店《かいつぎゅうどんてん》じゃん！　そこの旨《うま》いんだよな～」

「蛸島《たこじま》、食《く》ったことあるの？」

「おおよ！　母《かあ》ちゃんがこの前《まえ》お持《も》ち帰《かえ》りしてくれてよ。マジ、ヤバいぜ！」

おおっ、これは期待《きたい》できそうだ。

しかもあのチラシは、実《じつ》は私《わたし》が翼君《つばさくん》から渡《わた》されたものだったりする。

杉浦《すぎうら》さん、意外《いがい》にも捨《す》てずに持《も》っててくれたんだ。

ちょっと嬉《うれ》しいな。

杉浦《すぎうら》さんは紙《かみ》を回《まわ》し始《はじ》めた。

「テメエら、これに記入《きにゅう》して次《つぎ》の奴《やつ》にまわせ」

しばらくして私《わたし》の元《もと》にも紙《かみ》がまわってきた。

ええと、なになに？

名前《なまえ》を書《か》いて【小盛《こもり》・並盛《なみもり》・大盛《おおもり》・特盛《とくもり》・メガ盛《もり》】のどれかを書《か》くみたい。

お腹《なか》は減《へ》ってるけど、食《た》べきれなかったらこまるからここは無難《ぶなん》に並盛《なみもり》にしておこう。

女子《じょし》は小盛《こもり》と並盛《なみもり》が多《おお》かったけど、男子《だんし》はほとんど並盛《なみもり》以上《いじょう》を選択《せんたく》していた。

食堂《しょくどう》に集《あつ》まり、みんな牛丼《ぎゅうどん》が届《とど》くのを今《いま》か今《いま》かと待《ま》っている。

そのとき、

「どうも～海津牛丼店《かいつぎゅうどんてん》です。お待《ま》たせしましたー」

あまり元気《げんき》がない、やる気《き》も感《かん》じられない口調《くちょう》で牛丼屋《ぎゅうどんや》さんの出前《でまえ》が到着《とうちゃく》した。

と、なんとそこに現《あらわ》れたのは、翼君《つばさくん》と田中《たなか》さん！

翼君《つばさくん》の方《ほう》は海津牛丼店《かいつぎゅうどんてん》のロゴが入《はい》った服《ふく》と帽子《ぼうし》を被《かぶ》っている。どうやら、さっきのやる気《き》のなさそうな声《こえ》は翼君《つばさくん》だったみたい。

ええ？　中学生《ちゅうがくせい》の翼君《つばさくん》がまさかアルバイト？

二人《ふたり》は給食《きゅうしょく》の時《とき》に使《つか》うような大《おお》きなバケツを乗《の》せた台車《だいしゃ》を引《ひ》いている。

「よし。じゃあ皆《みな》さんに配《くば》るか！」

元気《げんき》な田中《たなか》さんの声《こえ》。

「はいはい了解《りょうかい》。おっさんはご飯《はん》入《い》れてよね」

「ええっ、ワシ、いい匂《にお》いのする牛丼《ぎゅうどん》の具《ぐ》の方《ほう》がいいなあ」

「無理《むり》。おっさん、こぼしそうだし」

「うっ〜。信用《しんよう》ないなあ」

「文句《もんく》言《い》わずにさっさとやってよ。牛丼《ぎゅうどん》が冷《さ》めるだろ」

「う、うむ」

翼君《つばさくん》は慣《な》れていてすごく手際《てぎわ》がいい。

ん？　待《ま》てよ。海津牛丼店《かいつぎゅうどんてん》……。確《たし》か、翼君《つばさくん》の名字《みょうじ》は海津《かいつ》。そうか！　翼君《つばさくん》のおうちが牛丼屋《ぎゅうどんや》さんなんだ！

確《たし》かに前《まえ》にお店《みせ》を手伝《てつだ》わされてるって言《い》ってたっけ？

二人《ふたり》がお椀《わん》に牛丼《ぎゅうどん》を入《い》れ始《はじ》めた。

いい匂《にお》いが食堂《しょくどう》に広《ひろ》がる。

杉浦《すぎうら》さんがみんなに向《む》かって指示《しじ》を飛《と》ばす。

「おい、順番《じゅんばん》に取《と》りに来《こ》い。ちゃんと並《なら》べよ」

私《わたし》は最後《さいご》でいいや。

翼君達《つばさくんたち》のお手伝《てつだ》いをしよう。

「ねえ翼君《つばさくん》、何《なに》か手伝《てつだ》うことない？」

「あ、八城《やしろ》さん。俺《おれ》、あんたにチラシ渡《わた》したけど、まさか攻略部《こうりゃくぶ》の全員《ぜんいん》が注文《ちゅうもん》してくれるとはね。サボる目的《もくてき》だったのに、これじゃあサボれないじゃん」

「えっ！　そんな目的《もくてき》で私《わたし》にあのチラシをくれたの？」

「そうだよ、出前《でまえ》は店《みせ》の仕事《しごと》をサボるいい口実《こうじつ》になるからね。でもこの量《りょう》じゃ、働《はたら》くしかないよ。全《まった》く。あ、じゃあ八城《やしろ》さんは、この紅《べに》ショウガを牛丼《ぎゅうどん》の端《はし》に入《い》れてってほしいんだけど」

「う、うん、分《わ》かったわ」

なんだか、また翼君《つばさくん》にしてやられた気《き》もする。

けど、今《いま》はみんなが楽《たの》しみにしている牛丼《ぎゅうどん》を温《あたた》かいうちにちゃんと配《くば》るようにしなきゃ。

菜箸《さいばし》を受《う》け取《と》り、ビニール手袋《てぶくろ》を腕《うで》にはめる。

「よし、取《と》りに行《い》こうぜ、赤石《あかいし》」

「おお！」

猛《もう》スピードで蛸島《たこじま》さんと赤石《あかいし》さんが走《はし》ってくる。

「よっしゃー、俺《おれ》が一番《いちばん》だ——!!」

「やったな、蛸島《たこじま》!」

「おうよ。旨《うま》い物《もの》は俺《おれ》が一番《いちばん》に食《しょく》す!!　アイアム、チャンピオ———ン!」

「……」

翼君《つばさくん》は二人《ふたり》に無言《むごん》で牛丼《ぎゅうどん》を手渡《てわた》した。

蛸島《たこじま》さん達《たち》は満足《まんぞく》げに自分《じぶん》の席《せき》に戻《もど》っていく。

自分《じぶん》の席《せき》に戻《もど》ってからも「うめえ!!」とか「ひゃあああっ、牛丼《ぎゅうどん》マジサイコー!」と二人《ふたり》は大騒《おおさわ》ぎだった。

しまいには、杉浦《すぎうら》さんに「うるせえぞ!」と怒鳴《どな》られる始末《しまつ》だ。

翼君《つばさくん》は私《わたし》にコソッと話《はな》しかけてくる。

「なにあれ?……あの人《ひと》たち本当《ほんとう》に俺《おれ》より年上《としうえ》?　馬鹿《ばか》にしか見《み》えないんだけど」

「……っ、翼君《つばさくん》!」

「だってホントの事《こと》じゃん?」

私《わたし》は苦笑《にがわら》い。

へ、返答《へんとう》に困《こま》る……。

翼君《つばさくん》は紙《かみ》に書《か》かれた名前《なまえ》と分量《ぶんりょう》を見《み》ながら牛丼《ぎゅうどん》の具《ぐ》をご飯《はん》に盛《も》っていく。

手慣《てな》れてるなあ。

「……ありがとう……」

平田《ひらた》さんが牛丼《ぎゅうどん》を受《う》け取《と》る。

「あ、これオマケだから」

翼君《つばさくん》は平田《ひらた》さんに煮干《にぼ》しの袋《ふくろ》を手渡《てわた》す。

あ、それってもしかして？

「ミュー」

ミュータが鼻《はな》をクンクンさせて平田《ひらた》さんの持《も》つ袋《ふくろ》を見上《みあ》げている。

「ミュータのご飯《はん》も用意《ようい》してくれたんだ。……そう、杉浦《すぎうら》さんが。……なるほど、ミュータの事《こと》も紙《かみ》に書《か》いてくれたんだね……。とにかくありがとう……」

目《め》を細《ほそ》めて平田《ひらた》さんはニッコリ笑《わら》う。

そしてそのまま、のそのそと自分《じぶん》の席《せき》に戻《もど》っていった。

「……八城《やしろ》さん、あのさ」

いつも余裕《よゆう》ぶってる翼君《つばさくん》が今《いま》まで見《み》たことないくらい、不思議《ふしぎ》そうな顔《かお》をしている。

ふふふ。これは面白《おもしろ》いぞ。

翼君《つばさくん》が驚《おどろ》いている理由《りゆう》は、もちろん分《わ》かる。

だって、平田《ひらた》さんは翼君《つばさくん》がまだ何《なに》も言《い》っていないのに、一人《ひとり》で納得《なっとく》して席《せき》に戻《もど》っちゃうんだもん。

「あのね、平田《ひらた》さんは人《ひと》の考《かんが》えていることが分《わ》かっちゃう人《ひと》なんだよ」

「えっ、マジ？」

「うん。信《しん》じられないかもしれないけど……」

「……いや、今《いま》のを見《み》たら誰《だれ》でも信《しん》じるって」

翼君《つばさくん》は、相変《あいか》わらずポカーンとしている。

ふふふ。翼君《つばさくん》をやりこめるのがまさか平田《ひらた》さんだったなんて。

うーん。やっぱり平田《ひらた》さんの力《ちから》はすごすぎる。

「ねぇねぇ、どうしたの？　早《はや》くしてくれない？」

「あぁ、ごめんごめん」

順番待《じゅんばんま》ちの子《こ》に声《こえ》をかけられて、翼君《つばさくん》は我《われ》にかえったみたい。

その後《あと》は、順調《じゅんちょう》にみんなの分《ぶん》をよそっていった。

これで最後《さいご》かな？　そう思《おも》っていたら、なんと田中《たなか》さんが列《れつ》の最後《さいご》に。

い、いつの間《ま》に！

「……おっさん、なにしてんの？」

「翼《つばさ》、ワシにも牛丼《ぎゅうどん》……」

「は？」

「牛丼《ぎゅうどん》～」

「俺《おれ》ら今《いま》、働《はたら》いてるんだよ？」

「牛丼《ぎゅうどん》……牛丼《ぎゅうどん》……」

「あのね……。立場《たちば》分《わ》かってんの？」

「そこをなんとか！　頼《たの》む、牛丼《ぎゅうどん》を～」

な、なんだか田中《たなか》さんが可哀想《かわいそう》に思えてきた。

「ねえ、翼君達《つばさくんたち》もここでご飯《はん》食《た》べていけばどう？　ほら、まだ余《あま》ってるし」

「まあそうだけど。……それは俺《おれ》の判断《はんだん》じゃできないよ」

翼君《つばさくん》はチラッと杉浦《すぎうら》さんに目《め》を向《む》ける。

「……俺《おれ》は別《べつ》にかまわないが？」

「ふーん。じゃ、おっさん、好《す》きにすれば？」

「ありがとう！　ありがとう!!　恩《おん》にきるぞ～」

なんて言《い》いながら、田中《たなか》さんは早速牛丼《さっそくぎゅうどん》をメガ盛《も》りにする。

「翼《つばさ》は何盛《なにも》りにするんだ？　メガか？」

「は？　おっさんと一緒《いっしょ》にしないでよね。俺《おれ》は並《なみ》でいいし」

「なんだ、謙虚《けんきょ》だなあ」

なんて言《い》いながら翼君《つばさくん》の牛丼《ぎゅうどん》をてんこ盛《も》りにしている。

「ちょ、おっさん！　それ、どう見《み》てもメガ盛《も》りじゃん」

「はっはっはっ！　育《そだ》ちざかりなんだから遠慮《えんりょ》はするな！　万《まん》が一食《いちく》えなかったらワシが責任《せきにん》を持《も》って食《く》うしな」

「……おっさんがもっと牛丼《ぎゅうどん》を食《く》いたいだけでしょ、それ……」

「うっ！」

どうやらその通《とお》りだったみたい。

「はい、じゃ、これ八城《やしろ》さんの分《ぶん》ね。おっさんより働《はたら》いてくれるから、やりやすかったよ。おっさんもこれくらい手伝《てつだ》ってくれればなぁ」

なんて、最後《さいご》はちょっとブツブツ言《い》いながら、翼君《つばさくん》は牛丼《ぎゅうどん》を私《わたし》に渡《わた》してくれた。

「うわあ、いい匂《にお》いね！　翼君《つばさくん》、ありがとう」

笑顔《えがお》でお礼《れい》を言《い》うと翼君《つばさくん》はフンッて感《かん》じでそっぽを向《む》いてしまった。

「……早《はや》く食《た》べてきたら？　冷《さ》めちゃうでしょ」

「ふふ、そうだね」

翼君《つばさくん》ってお礼《れい》を言《い》うといつもこんな感《かん》じの反応《はんのう》なんだよね。

杉浦《すぎうら》さんとどこか似《に》てるからかなあ。なんとなく分《わ》かってきた。

この反応《はんのう》は翼君《つばさくん》の照《て》れ隠《かく》しなんだよね。

私《わたし》は朝霧《あさぎ》さん達《たち》が座《すわ》っている場所《ばしょ》に向《む》かう。

太一《たいち》さんと杉浦《すぎうら》さんはもう牛丼《ぎゅうどん》を食《た》べ始《はじ》めていた。

でも朝霧《あさぎ》さんはまだ箸《はし》をつけていない。

「あれ？　朝霧《あさぎ》さん、食《た》べないんですか？」

「えっ！　あ、いや、食《た》べるよ」

——あっ！

「もしかして私《わたし》が来《く》るの待《ま》っていてくれたんですか？」

「う、うん。舞《まい》さんが食《た》べる時《とき》に自分《じぶん》が食《た》べ終《お》わっちゃってたら嫌《いや》だな〜って思《おも》っちゃって」

「わざわざありがとうございます」

「朝霧《あさぎ》は、お前《まえ》を待《ま》つか待《ま》たないかでかなり悩《なや》んでたぞ。待《ま》ってたらキモイと思《おも》われないかって気《き》にしたり、かと思《おも》えば舞《まい》さんが一人《ひとり》でご飯《はん》を食《た》べるなんてダメだとかブツブツ言《い》いまくってよ」

思《おも》い出《だ》したらしく、プッと杉浦《すぎうら》さんは吹《ふ》きだした。

「う、うわあ！　杉浦《すぎうら》さん、ばらさないでくださいよ〜」

「お前《まえ》は考《かんが》えすぎなんだよ。明《あき》らかに不審者《ふしんしゃ》っぽかったぞ」

なんて言《い》って杉浦《すぎうら》さんはまた笑《わら》いだす。

「朝霧《あさぎり》は普通《ふつう》の人《ひと》がしないような変《へん》な行動《こうどう》をするのが上手《うま》いっすからね～」

「な、なんだよそれ。ま、舞《まい》さん気《き》にしないで！　さぁ、ご飯《はん》が冷《さ》めないうちに食《た》べようか？　いっただきまーす!!」

「い、いただきます」

朝霧《あさぎり》さんの勢《いきお》いに圧倒《あっとう》されつつ、私《わたし》もいただきますをして牛丼《ぎゅうどん》を食《た》べ始《はじ》めた。

「美味《おい》しいですね」

「うん、本当《ほんとう》に！　田中《たなか》さんの気持《きも》ちがなんだか分《わ》かるなあ」

「ですね。牛丼《ぎゅうどん》って今《いま》まであんまり食《た》べる機会《きかい》なかったんですけど、すごく美味《おい》しいです」

美味《おい》しいものを食《た》べていると幸《しあわ》せな気分《きぶん》になれるなあ。

――ん？

テーブルの上《うえ》に置《お》いていたナイトメアのランプがチカチカと点滅《てんめつ》している。

――もしかしてこれって？

急《いそ》いでナイトメアを操作《そうさ》し、通知《つうち》を読《よ》む。

もちろん内容《ないよう》はメンテナンスが終了《しゅうりょう》したという通知《つうち》。

「す、杉浦《すぎうら》さん……」

「そんなにあわてんな、まだ時間《じかん》はある」

そうはいっても、やっぱりメンテナンスが終《お》わると緊張《きんちょう》しちゃうなあ。

「杉浦《すぎうら》さん、どうするんっすか？」

「とりあえず食《く》い終《お》わった奴《やつ》から、部門《ぶもん》のリーダーの指示《しじ》に従《したが》い、１００ＣＰを稼《かせ》ぎに行《い》くように伝《つた》えろ」

「了解《りょうかい》っす」

太一《たいち》さんがそれぞれの所属《しょぞく》のリーダーのところに走《はし》っていく。

食堂《しょくどう》は一気《いっき》に緊迫《きんぱく》した雰囲気《ふんいき》へとさま変《が》わりした。

「舞《まい》さん、ヘルプを見《み》て。新《しん》マップが五十追加《ついか》されたって書《か》いてあるよ」

「えっ⁉　五十もですか？　なんだかいつもより多《おお》いですよね」

「うん。僕《ぼく》も同《おな》じことを思《おも》ってたんだ」

メンテナンス後《ご》に追加《ついか》されるマップは、これまでは多《おお》くても十までだった。

それが今回《こんかい》は五倍《ばい》。

これは、なにかありそうだけど……？

5 心《しん》霊《れい》館《かん》から出《で》られない!?

太一《たいち》さんが席《せき》に戻《もど》ってきたタイミングで、私《わたし》たちもオート死亡《しぼう》システムの解除《かいじょ》のため、１００ＣＰを稼《かせ》ごうと、攻略班《こうりゃくはん》の四人《にん》でマップにいくことになった。

「よし、向《む》かうぞ」

「了解《りょうかい》っす」

「どこに入《はい》ればいいですか？」

「推奨《すいしょう》レベル２００の心霊館《しんれいかん》だ」

「えっ……」

聞《き》き間違《まちが》いだろうか？

「あの、そこは今回新《こんかいあたら》しく追加《ついか》されたマップじゃ……？」

「何《なに》か問題《もんだい》あるか？」

うっ。やっぱり聞《き》き間違《まちが》いじゃないんだ。

初《はじ》めていくマップは怖《こわ》いなあ。

データがないだけに何《なに》が起《お》きるか分《わ》からないし……。

「おい、朝霧《あさぎ》。データの記録《きろく》をしながらゲームできるか？」

「あ、はい！」

朝霧《あさぎ》さんはメモ用紙《ようし》とペン、そしてノートパソコンを自分《じぶん》の周囲《しゅうい》に持《も》ってきた。

「太一《たいち》、テメエはカメラでゲーム画面《がめん》の撮影《さつえい》を頼《たの》む」

「了解《りょうかい》っす」

太一《たいち》さんもカメラを持《も》ってきた。

なんだかすごいなあ。

おそらくこれは杉浦《すぎうら》パパの仕事《しごと》のお手伝《てつだ》いだ。

杉浦《すぎうら》パパの運営《うんえい》する会社《かいしゃ》で出版《しゅっぱん》している雑誌《ざっし》「週刊《しゅうかん》ナイトメア」や攻略《こうりゃく》サイト更新《こうしん》の材料《ざいりょう》にするんだろう。

これは本格的《ほんかくてき》に私《わたし》たちが認《みと》められたと言《い》っても過言《かごん》じゃないかも。

「舞《まい》、今回《こんかい》は全員推奨《ぜんいんすいしょう》レベルを満《み》たしてるマップだ。だけど、無理《むり》はすんなよ」

「は、はい」

「じゃあ行《い》くぞ」

こうして私《わたし》たちは心霊館《しんれいかん》のマップに入《はい》った。

私《わたし》たちのアバターは洋館《ようかん》の広間《ひろま》のような場所《ばしょ》に初期《しょき》で配置《はいち》されていた。

見《み》た感《かん》じは螺旋階段《らせんかいだん》などもあって、とっても豪華《ごうか》なお屋敷《やしき》だけど……。

心霊館《しんれいかん》──名前《なまえ》からして嫌《いや》な感《かん》じだ。

ナイトメアって、マップも敵《てき》も幽霊系《ゆうれいけい》のものが本当《ほんとう》に多《おお》いんだよね。

ナイトメアが悪夢《あくむ》って意味《いみ》だから仕方《しかた》ないんだろうけど。

たまにはお菓子《かし》の家《いえ》とかメルヘンチックな場所《ばしょ》も作《つく》ってくれたらなあって思《おも》っちゃう。

──まあ、無理《むり》なのは薄々《うすうす》分《わ》かってるけど！

「舞《まい》さん、見《み》て！　あの窓《まど》に赤《あか》い手形《てがた》がいっぱいついてる……」

ええっ⁉

朝霧《あさぎ》さんに言《い》われ、館《やかた》の窓《まど》に目《め》を向《む》ける。

確《たし》かに赤《あか》い手形《てがた》がいっぱい。

「朝霧《あさぎ》さん、あれって……」

「うん、なんだか嫌《いや》な感《かん》じがするね。舞《まい》さん、どこからどんな敵《てき》が出《で》てくるか分《わ》からないから用心《ようじん》して行《い》こう」

「は、はい」

ん？　ここでマップに新《あら》たなプレイヤーのアバターが出現《しゅつげん》。

って、なにこれ？

変《へん》な団子《だんご》の着《き》ぐるみを着《き》て、竿竹《さおだけ》を背負《せお》っている人《ひと》が入《はい》ってきたぞ。

って思《おも》ったら……頭上《ずじょう》に反後与一《たんごよいち》という文字《もじ》が。

「与一《よいち》……。一体何《いったいなに》しに来《き》たんっすか……」

《反後《たんご》　与一《よいち》》
うわあ、マップ選択《せんたく》を間違《まちが》えた（笑《わらい》）
ではみなさん、失礼《しつれい》。

与一《よいち》さんは、そんなチャットを私《わたし》たちにくれた。

「与一《よいち》さん、あの変《へん》な装備《そうび》でCP稼《かせ》ぎに行《い》くつもりだったんですかね？」

「どう考《かんが》えてもあの装備強《そうびつよ》くないよね……」

「僕《ぼく》はあいつのことが心配《しんぱい》っすよ」

そう、与一《よいち》さんは太一《たいち》さんのひとつ違《ちが》いの弟《おとうと》だ。

いそいそと背後《はいご》の扉《とびら》に向《む》かっていく与一《よいち》さんのアバター。

あれ？　どうしたんだろう？

なかなかマップから出《で》ていかないけど。

と思《おも》ったら与一《よいち》さんが、チャットで話《はな》しかけてくるのではなく、私《わたし》たちの席《せき》にやってきた。

「やばいんです。扉《とびら》が何者《なにもの》かにおさえられていて出《で》られないって表示《ひょうじ》されてます」

ええっ!?

私《わたし》はアバターを進《すす》ませて扉《とびら》を調《しら》べる。

確《たし》かに与一《よいち》さんの言《い》った通《とお》りだ。

扉《とびら》が開《ひら》かない。

「どうしましょう?」

「与一《よいち》、まだマップに入《はい》ってない奴《やつ》を適当《てきとう》に呼《よ》んで来《こ》い。それと朝霧《あさぎ》……」

「あ、はい。なんでしょう?」

「早速《さっそく》この情報《じょうほう》を親父《おやじ》の会社宛《かいしゃあて》に送《おく》ってくれ」

「分《わ》かりました!」

杉浦《すぎうら》さんはめちゃくちゃ冷静《れいせい》だ。

同《おな》じく朝霧《あさぎ》さんも動揺《どうよう》した感《かん》じもなく、パソコンをパチパチと操作《そうさ》する。

ん? 物《もの》すごい速《はや》さだ!

キーボードも見《み》ずにパソコンの画面《がめん》だけを見《み》ている。その朝霧《あさぎ》さんの手《て》の動《うご》きが見《み》たことないくらい素早《すばや》い。

カチカチカチカチ。

前《まえ》に杉浦《すぎうら》さんのお手伝《てつだ》いをしていたときとは、ぜんぜん打《う》ち込《こ》みの速《はや》さが違《ちが》う。

朝霧《あさぎ》さんは冷静《れいせい》だけど、やっぱりめちゃくちゃ緊急事態《きんきゅうじたい》なんだ。にしても、その手《て》の動《うご》き、朝霧《あさぎ》さん、すごすぎるよ！

いや、それよりこのマップを攻略《こうりゃく》しなくちゃ。

出《で》たいときに出《で》られないってどういうことなの？

やっぱり出口《でぐち》を探《さが》せって事《こと》？

「なんとかまだマップに入《はい》ってない人《ひと》を連《つ》れてきました」

与一《よいち》さんが連《つ》れてきたのは平田《ひらた》さんだった。

「おいっ、なんで平田《ひらた》だけなんだ？　他《ほか》にはいないのかよ……」

「いや、璃人《りと》は猫《ねこ》の世話《せわ》してたからセーフだったんですが、もう他《ほか》のみんなはマップに入《はい》っちゃってて

……どうしましょう⁉」

「なら誰《だれ》か今《いま》いるマップから、いったん外《そと》に出《で》てもらえ」

なんて話《はなし》をしていたら――。

「ふーん。人数《にんずう》足《た》りないんだ？　俺《おれ》らが手伝《てつだ》ってあげてもいいけど？」

いつの間《ま》にか翼君《つばさくん》と田中《たなか》さんが私《わたし》たちの背後《はいご》に立《た》って、ゲーム画面《がめん》を覗《のぞ》きこんでいた。

「おおおっ、これはこれは。ランキング一位《いい》の田中《たなか》さんと頭脳明晰《ずのうめいせき》な翼君《つばさくん》！　ぜひ、ぜひ。さあさあ、マップに入《はい》って！」

与一《よいち》さんは翼君《つばさくん》の嫌《いや》みな言《い》い方《かた》に動《どう》じることなくあっさりと受《う》け入《い》れてしまった。

――きっと自分《じぶん》を助《たす》けて欲《ほ》しいって事《こと》で頭《あたま》がいっぱいなんだろうな。

「……うん、八城《やしろ》さん、それ……あたり」

平田《ひらた》さんが呆《あき》れた顔《かお》でボソッと呟《つぶや》いた。

「じゃあ、決《き》まったんなら行《い》くぞ。とりあえず敵《てき》を倒《たお》しつつ出口《でぐち》を見《み》つけるんだ」

はいっと私《わたし》たちは返事《へんじ》をし、マップの探索《たんさく》を開始《かいし》した。

⑥ 強敵《きょうてき》・ハニワどろちゃん!

杉浦《すぎうら》さんの指示《しじ》で、ふたつのパーティーを作《つく》って、それぞれ探索《たんさく》することとなった。

杉浦《すぎうら》さん、太一《たいち》さん、朝霧《あさぎ》さん、私《わたし》の攻略班《こうりゃくはん》チームと、与一《よいち》さん、平田《ひらた》さん、翼君《つばさくん》、田中《たなか》さんのチームだ。

まず私《わたし》たち攻略班《こうりゃくはん》チームが向《む》かったのは一階《かい》の食堂《しょくどう》らしき場所《ばしょ》だった。

といっても室内《しつない》はいろんな物《もの》が散乱《さんらん》していてごちゃごちゃだ。

「ごみ屋敷《やしき》みたいだな。奥《おく》にも扉《とびら》があるが進《すす》めそうにないぞ」

「ですね……」

杉浦《すぎうら》さんの言《い》う通《とお》り、沢山《たくさん》の椅子《いす》が山積《やまづ》みにされていて扉《とびら》は見《み》えているがそこまでたどり着《つ》けない。

ここには入《はい》るなっていう、バリケードみたい。

そこで椅子《いす》を調《しら》べてみるけれど……。

【椅子《いす》が山積《やまづ》みにされている】

これだけだ。

一つだけある赤《あか》い椅子《いす》が怪《あや》しいと思《おも》って、攻撃《こうげき》を当《あ》ててみたりしたんだけど、やっぱり何《なに》も起《お》きない。

「どうします？」

「どうするったってこれはどうしようもねえだろ。……とりあえず別《べつ》の部屋《へや》に行《い》くぞ」

私《わたし》たちは杉浦《すぎうら》さんの後《あと》に続《つづ》くようにしてアバターを進《すす》めた。

次《つぎ》に入《はい》ったのは同《おな》じく一階《かい》で、客間《きゃくま》っぽい部屋《へや》だった。

「あっ！　何《なに》か動《うご》いてるよ、舞《まい》さん、気《き》を付《つ》けて！」

「えっ⁉」

朝霧《あさぎ》さんに言《い》われ、室内《しつない》をよく見《み》る。

——!!

動《うご》いているのはベッドのふくらみだった。

って、これ中《なか》に何《なに》かいるよね、絶対《ぜったい》……。

「敵《てき》か？　ちょうどいい、あれを倒《たお》してオート死亡《しぼう》システムの解除《かいじょ》をするぞ」

なんて言《い》いながら、杉浦《すぎうら》さんはどんどん奥《おく》に進《すす》んでいく。

「す、杉浦《すぎうら》さん！　用心《ようじん》した方《ほう》がいいんじゃ……」

「は？　用心《ようじん》するって何《なに》をだよ？」

次《つぎ》の瞬間《しゅんかん》だった。

いきなりバサッと布団《ふとん》をめくり、あらわれたのは、ハニワらしき敵《てき》。

寝《ね》ていたハニワが起《お》き上《あ》がると、黄色《きいろ》の粉《こな》を周囲《しゅうい》にまき散《ち》らした。

「えっ⁉　あれ、なにっすか？」

「チッ、クソ野郎《やろう》！」

杉浦《すぎうら》さんのアバターはその黄色《きいろ》い粉《こな》をもろに浴《あ》びてしまったようだ。

続《つづ》いてハニワが杉浦《すぎうら》さんのアバターに体当《たいあ》たり。

近《ちか》くにいた私《わたし》たちも巻《ま》き込《こ》まれ、通常戦《つうじょうせん》に突入《とつにゅう》した。

――ん？

表示《ひょうじ》された敵《てき》のシンボルがハニワじゃなく杉浦《すぎうら》さんなんだけど。

これ、どういうこと⁉

「くっそ！　そういうことかよ……」

戦闘開始画面《せんとうかいしがめん》を見《み》て私《わたし》も納得《なっとく》ができた。


【通常戦《つうじょうせん》・一ターン目《め》】

八城舞《やしろまい》が戦闘《せんとう》に参加《さんか》した！

朝霧退助《あさぎたいすけ》が戦闘《せんとう》に参加《さんか》した！

杉浦慎二《すぎうらしんじ》が戦闘《せんとう》に参加《さんか》した！

反後太一《たんごたいち》が戦闘《せんとう》に参加《さんか》した！


【攻撃順《こうげきじゅん》】

1、ハニワどろちゃん【8000／8000】（姿泥棒《すがたどろぼう》）
2、朝霧退助《あさぎたいすけ》【5000／5000】
3、反後太一《たんごたいち》【5000／5000】
4、八城舞《やしろまい》【5000／5000】
5、杉浦慎二《すぎうらしんじ》【5000／5000】（ハニワ中《ちゅう》）
※交換粉《こうかんこ》を一番多《いちばんおお》く受《う》けた対象者《たいしょうしゃ》が姿《すがた》を交換《こうかん》されます。

つまり、ハニワどろちゃんと杉浦《すぎうら》さんの強《つよ》さが交換《こうかん》されちゃったってことだよね？

攻撃順《こうげきじゅん》は素早《すばや》さで決《き》まる。

だから、ランキング三位《い》の杉浦《すぎうら》さんがふつうなら、私《わたし》たちより攻撃《こうげき》が遅《おそ》いはずがないもん。

それに何《なに》より、杉浦《すぎうら》さんのアバターがハニワの着《き》ぐるみを着《き》ている。

——ふふっ、でもこれはこれでちょっと可愛《かわい》いかも。

「……おい、何《なに》を笑《わら》ってやがるんだ？」

「あ、いえ、な、なんでもありません！」

「これヤバくないっすか？　僕《ぼく》はこの前《まえ》のイベントみたいにボコボコにやられる嫌《いや》な予感《よかん》がするんっすけど」

　この前《まえ》のイベントで、太一《たいち》さんはニセ杉浦《すぎうら》さんに倒《たお》されてしまっていた。

　うん、確《たし》かにこれは物《もの》すごく嫌《いや》な予感《よかん》がする。

　笑《わら》っている場合《ばあい》じゃないかも……。

「朝霧《あさぎ》、コイツの情報《じょうほう》もすぐに送《おく》れ。太一《たいち》は写真《しゃしん》だ」

「分《わ》かりました！」

「了解《りょうかい》っす」

　ここで翼君《つばさくん》が私《わたし》のゲーム機《き》を覗《のぞ》いてきた。

「ふーん。そいつとバトってるんだ。その効果《こうか》は三ターンで切《き》れるよ。こっちにも出《で》たんだけどさ、ソイツ」

「ええっ!?　そうなの？」

「うん。さっき倒《たお》したよ。俺《おれ》らはあの変《へん》な格好《かっこう》の人《ひと》が粉《こな》を浴《あ》びたから速攻《そっこう》で倒《たお》せたしね」

変《へん》な格好《かっこう》？　それってもしや与一《よいち》さんじゃ……。

「与一《よいち》、……装備《そうび》変更《へんこう》し忘《わす》れてたんだよ……。呆《あき》れるね……」

「うっ。ま、まあ結果《けっか》オーライだし……。もう装備《そうび》も変《か》えたし許《ゆる》してくれよ」

「ぬぬーん。ワシは前《まえ》の装備《そうび》のが好《す》きだったんだがなぁ。あのずぬーんとした格好《かっこう》がなんとも……」

「おっさん、うっさい」

「……泣《な》いていいか？」

「うん」

翼君《つばさくん》に即答《そくとう》されて田中《たなか》さんはショックを受《う》けている。

田中《たなか》さんがいるだけでなんだか賑《にぎ》やかだなぁ、与一《よいち》さんパーティ。

「あっ、敵《てき》が攻撃《こうげき》してきたっすよ！」

《一ターン目《め》／ハニワどろちゃん》
・ハニワどろちゃんのめった刺《ざ》し！
【発動率《はつどうりつ》20％】

舞《まい》を十回《かい》突《つ》き刺《さ》した！

五回《かい》ヒット！

・舞《まい》に6450ダメージ！
【減少後体力《げんしょうごたいりょく》】
・八城舞《やしろまい》（体力《たいりょく》）【0／5000】（－6450）減少《げんしょう》

えっ……？
見間違《みまちが》いかと思《おも》い、もう一度《いちど》ゲーム画面《がめん》を見《み》る。
これ本当《ほんとう》は杉浦《すぎうら》さんの技《わざ》だよね？
そ、それに体力《たいりょく》がゼロになっちゃった⁉
次《つぎ》の瞬間《しゅんかん》、口《くち》に違和感《いわかん》が。
あれ？
あれれ？
口《くち》は開《あ》けられるのに声《こえ》が出《で》ない？
もしかして……。
私《わたし》はもう一度《いちど》ゲーム画面《がめん》を見《み》る。

【ゲームオーバー・復活代償損失《ふっかつだいしょうそんしつ》】

あなたは口《くち》の神経機能《しんけいきのう》を失《うしな》いました。

口《くち》の神経機能《しんけいきのう》を取《と》り戻《もど》すまで、あなたの言葉《ことば》を悪魔《あくま》に差《さ》し出《だ》すことになるため封印《ふういん》します。
・制限時間内《せいげんじかんない》に選択《せんたく》してください。
次《つぎ》の復活代償《ふっかつだいしょう》を選択《せんたく》し、戦闘《せんとう》に復帰《ふっき》する。

次《つぎ》の復活代償《ふっかつだいしょう》を選択《せんたく》し、マップから出《で》る。
※なお、制限時間内《せいげんじかんない》に選択《せんたく》しなければ次《つぎ》の復活代償《ふっかつだいしょう》はランダムで決定《けってい》します。
《残《のこ》り　175秒《びょう》》

やっぱりだ……。私《わたし》、ゲームオーバーになっちゃった。

「ま、舞《まい》さん！　早《はや》く次《つぎ》の代償《だいしょう》を選《えら》ぶんだ。もし、ランダムで次《つぎ》の代償《だいしょう》に心臓《しんぞう》が選《えら》ばれてしまったら、舞《まい》さんの命《いのち》があぶない!!」

朝霧《あさぎ》さんが大声《おおごえ》で叫《さけ》ぶ。

だけど、私《わたし》は突然《とつぜん》のことに現実《げんじつ》をなかなか受《う》け入《い》れられない。

「この敵《てき》は危険《きけん》っす。舞《まい》はいったんこのマップから出《で》た方《ほう》がいいっすね」

太一《たいち》さんがいつもとは全《まった》くちがう冷静《れいせい》な声《こえ》で私《わたし》に指示《しじ》をくれた。

私《わたし》はコクッと頷《うなず》いて、マップから出《で》るを選択《せんたく》した。

ハニワどろちゃん
舞 HP 0/5000
ゲーム・オーバー

だけど——。

それはできません。

無情《むじょう》にもそう表示《ひょうじ》された。

そ、そうだ。このマップは出口《でぐち》を見《み》つけるまで出《で》られない仕組《しく》み。

でも説明《せつめい》している暇《ひま》もない。

「舞《まい》さん！　とにかく次《つぎ》の復活代償《ふっかつだいしょう》を選《えら》んで！　早《はや》く!!」

朝霧《あさぎ》さんの声《こえ》にハッとして、私《わたし》は急《いそ》いで次《つぎ》の復活代償《ふっかつだいしょう》に左手《ひだりて》を選《えら》び戦闘《せんとう》に復帰《ふっき》した。

どうやら二ターン目《め》から行動《こうどう》できるみたいだ。

「舞《まい》、どうして……!?」

朝霧《あさぎ》さんや太一《たいち》さんが私《わたし》の参加《さんか》にビックリして私《わたし》を見《み》ている。

私《わたし》は口《くち》をパクパク開《あ》けた。

声《こえ》が出《で》ない。何度《なんど》も口《くち》の動《うご》きだけで伝《つた》えようとする。

「そうか。舞《まい》さんが失《うしな》った復活代償《ふっかつだいしょう》は口《くち》だったんだね？」

私《わたし》はコクッと頷《うなず》いた。

朝霧《あさぎ》さんは私《わたし》の目《め》の前《まえ》に紙《かみ》とペンを持《も》ってきてくれた。

私《わたし》はすぐにその紙《かみ》に文字《もじ》を書《か》く。

【このマップからは出《で》られません。だから、戦闘《せんとう》を継続《けいぞく》しますね】

今《いま》まで私《わたし》を黙《だま》ってみていた杉浦《すぎうら》さんがここで口《くち》を開《ひら》く。

「すまねえ、まさかこんなことになるなんて……」

私《わたし》はふるふると首《くび》を横《よこ》に振《ふ》った。

【杉浦《すぎうら》さんのせいじゃありません。とりあえず敵《てき》を倒《たお》せば元《もと》に戻《もど》るはずなので。よろしくお願《ねが》いします】

「ああ、そうだな。……あいつは俺《おれ》が倒《たお》してやる、絶対《ぜったい》にな」

杉浦《すぎうら》さんは大《おお》きく頷《うなず》きゲーム機《き》に目《め》を落《お》とす。

「朝霧《あさぎ》、僕達《ぼくたち》も戦闘開始《せんとうかいし》っすよ」

「うん、分《わ》かった。……舞《まい》さん、君《きみ》の口《くち》の神経機能《しんけいきのう》は取《と》り戻《もど》すから。少《すこ》しの間《あいだ》我慢《がまん》してね」

私《わたし》はコクッと頷《うなず》いた。

次《つぎ》は朝霧《あさぎ》さんの攻撃《こうげき》ターンだ。

「三ターン、杉浦《すぎうら》さんのステータスなら攻撃《こうげき》は効《き》きそうにないよなあ。なら、眼鏡《めがね》メティオしかないか……」

朝霧《あさぎ》さんの眼鏡《めがね》メティオの魔法《まほう》で１８７０ダメージ。

敵《てき》の体力《たいりょく》は８０００から６１３０になった。

「これならなんとかなりそうっすね」

「うん。良《よ》かったよ」

ホッとする私《わたし》たちを田中《たなか》さんがなぜか見《み》ている。

「うう、眼鏡《めがね》メティオ……ワシも見《み》たかった～」

「おっさん！　馬鹿《ばか》なこと言《い》ってる場合《ばあい》じゃないだろ？　あっちは大変《たいへん》な状況《じょうきょう》なんだから」

「ううう……」

「とりあえずおっさんは放《ほう》っておいて……。えっと、平田《ひらた》さんと与一《よいち》さんだっけ？」

「うん……そう」

「ん？　なに？」

「俺《おれ》についてきてくれる？　俺《おれ》らはもうオート死亡《しぼう》システム解除《かいじょ》できたしさ。脱出方法《だっしゅつほうほう》を優先的《ゆうせんてき》に探《さが》す方《ほう》がいいだろ？」

平田《ひらた》さんと与一《よいち》さんは頷《うなず》く。

「そうだね。……じゃあついていくよ」

「俺《おれ》も。翼君《つばさくん》はあれだな！　なかなかしっかりしてそうだから安心《あんしん》できるなぁ」

あらら。スカウトとレスキューのリーダーの二人《ふたり》があっさりと年下《としした》の翼君《つばさくん》に従《したが》っちゃった。

状況分析《じょうきょうぶんせき》も早《はや》いし、翼君《つばさくん》って本当《ほんとう》にリーダーの素質《そしつ》あるんだなあ。

そしてこちらは太一《たいち》さんの攻撃《こうげき》ターン。

「よーし。武器必殺技《ぶきひっさつわざ》を使《つか》うっす」

《一ターン目《め》／太一《たいち》》
・太一《たいち》はサンダーナイフを掲《かか》げた！
雷召喚《かみなりしょうかん》！

【発動率《はつどうりつ》88％】

ハニワどろちゃんに落雷《らくらい》！

ヒット！
・ハニワどろちゃんに４３０ダメージ！
【減少後体力《げんしょうごたいりょく》】
・ハニワどろちゃん（体力《たいりょく》）【５７００／８０００】（－４３０）減少《げんしょう》

「次《つぎ》は杉浦《すぎうら》さんのターンっすよね？　コマンドどうなってるんっすか？」

「……クソみたいな技《わざ》しかないんだが」

そう言《い》いながら杉浦《すぎうら》さんは私《わたし》たちに使用可能特技一覧《しようかのうとくぎいちらん》を見《み》せてくれた。

【どろ～んと隠《かく》れる】【魅惑《みわく》のお・ど・り♡】【ごろ～んと転《ころ》がる】【ハニワスマイル】【文句《もんく》】

「杉浦《すぎうら》さん、魅惑《みわく》のお・ど・り♡が見《み》てみたいっすよ！」

「ぼ、僕《ぼく》も……なんちゃって」

……私《わたし》もちょっと見《み》てみたいなあ。

「馬鹿野郎《ばかやろう》。誰《だれ》がそんな気色《きしょく》の悪《わる》い技使《わざつか》うかよ。ここは攻撃《こうげき》だ、攻撃《こうげき》！」

あああっ。

杉浦《すぎうら》さんは迷《まよ》わずに攻撃《こうげき》を選択《せんたく》してしまった。

結果《けっか》はハニワどろちゃんに１００ダメージ。

これで敵《てき》の体力《たいりょく》は５６００となる。

「よし、次《つぎ》は二ターン目《め》だな」

「このままいけば倒《たお》せそうっすね」

「うん。……舞《まい》さん、もう少《すこ》しの辛抱《しんぼう》だから。何《なに》か言《い》いたいことがあったら遠慮《えんりょ》なくここに書《か》いてね。僕《ぼく》、こまめに見《み》てるからさ」

そういって朝霧《あさぎ》さんは文字《もじ》で埋《う》まっていたメモ用紙《ようし》のページをめくってくれた。

【ありがとうございます】

「いえいえ」

すると朝霧《あさぎ》さんは私《わたし》の書《か》いた文字《もじ》の横《よこ》に【:-)】のマークを描《か》いてニッコリ笑《わら》う。

「なにやってるんっすか、朝霧《あさぎ》……」

「う、うわあ!? た、太一《たいち》、み、見《み》たなあ」

「なんでそこまで慌《あわ》ててんだ? しかも変《へん》なもん描《か》いただけだろ」

「えっ! へ、変《へん》なもん? い、一応《いちおう》、顔文字《かおもじ》なのに……」

あらら、朝霧《あさぎ》さん、ショックを受《う》けちゃった。

この無表情《むひょうじょう》の顔文字《かおもじ》?

初《はじ》め見《み》た時《とき》はなんだこりゃって思《おも》っちゃったけど。

見《み》ているうちになんだか可愛《かわい》く思《おも》えてくるから不思議《ふしぎ》だ。

今《いま》じゃ、この顔文字《かおもじ》を見《み》ると勇気《ゆうき》さえ、湧《わ》いてくるような気《き》がする。

四人《にん》で力《ちから》をあわせれば、なんとかなるだろうと安心《あんしん》し始《はじ》めていた私《わたし》だったけれど、ハニワどろちゃんの攻撃《こうげき》の結果表示《けっかひょうじ》を見《み》てそれが一気《いっき》に焦《あせ》りに変《か》わった。

《二ターン目《め》/ハニワどろちゃん》

・ハニワどろちゃんは逃《に》げ出《だ》した！

えっ……？

逃《に》げた？

戦闘《せんとう》画面《がめん》が終了《しゅうりょう》し、私《わたし》たちはマップ画面《がめん》に戻《もど》った。

もちろんもうベッドにはふくらみもなく何《なに》もいない。

「チッ、そういや代償《だいしょう》を奪《うば》った敵《てき》は戦闘《せんとう》から逃《に》げやすくなるんだったな。……忘《わす》れてたぜ」

「どうするっすか⁉」

「舞《まい》のステータスページから戦闘《せんとう》を仕掛《しか》けるしかないだろ」

そう、復活代償《ふっかつだいしょう》を損失《そんしつ》した場合《ばあい》、ステータスページのアバターの対応《たいおう》した部分《ぶぶん》に×マークが入《はい》るようになっている。

そこから代償《だいしょう》を所持《しょじ》している敵《てき》が選択《せんたく》でき【通常戦《つうじょうせん》】か【頭脳戦《ずのうせん》】で取《と》り返《かえ》せるようになっているんだ。

「舞《まい》……大丈夫《だいじょうぶ》そうか？」

【はい、頑張《がんば》ります】

私《わたし》は大《おお》きく頷《うなず》いてみせた。

このマップを出《で》るまでの辛抱《しんぼう》だ。
我慢《がまん》するしかない。

7 イベント参加券《さんかけん》の切《き》れ端《はし》

「がんばる」と言《い》ったものの、落《お》ち込《こ》んでいた私《わたし》の肩《かた》を翼君《つばさくん》がポンッと叩《たた》いてきた。

なんだろう？

「あのさ、ここにこられる？」

ん？　ここは私《わたし》たちがさっき調《しら》べた椅子《いす》が積《つ》んであった場所《ばしょ》だぞ。

【ここに何《なに》かあるの？】

「うん。二階《かい》の書斎《しょさい》にヒントが隠《かく》されてたんだ。攻撃《こうげき》を赤《あか》い椅子《いす》に当《あ》てろってね」

――！

【ありがとう！】

「でも八城《やしろ》さん達《たち》も一度《いちど》書斎《しょさい》に向《む》かってその紙《かみ》を調《しら》べないとダメだろうね。多分《たぶん》その紙《かみ》を調《しら》べることが、赤《あか》い椅子《いす》が攻撃対象《こうげきたいしょう》になる起動条件《きどうじょうけん》になっているみたい」

【その椅子《いす》に攻撃《こうげき》を当《あ》ててみたりしたけど何《なに》も起《お》きなかったのは、そういうことなんだね】

「ふーん、椅子《いす》のことは分《わ》かってたんだ。ならさっさと行《い》ったら？」

なんていって翼君《つばさくん》は田中《たなか》さん達《たち》の方《ほう》をまた向《む》いてしまった。

相変《あいか》わらず素《そ》っ気《け》ない態度《たいど》だけど、めちゃくちゃ助《たす》かった。ありがとう！　翼君《つばさくん》。

私《わたし》たちのやり取《と》りを確認《かくにん》していた杉浦《すぎうら》さんは、「よし、二階《かい》の書斎《しょさい》に行《い》くぞ」と声《こえ》をかけてくれ、私《わたし》たち攻略班《こうりゃくはん》四人《にん》はアバターを進《すす》めていく。

私《わたし》たちは中央《ちゅうおう》に赤《あか》じゅうたんの敷《し》かれた豪華《ごうか》な階段《かいだん》を上《のぼ》っていく。

両《りょう》サイドに同《おな》じ階段《かいだん》がある為《ため》、左《ひだり》からでも右《みぎ》からでも上《あ》がれる仕組《しく》みだ。

階段《かいだん》を上《あ》がると通路《つうろ》にゆらゆらと揺《ゆ》れる洋服《ようふく》が浮《う》いていた。

中身《なかみ》はなく服《ふく》だけだ。

敵《てき》!?

体力《たいりょく》のゲージがある。

それに赤《あか》で透明《とうめい》お化《ば》けの文字《もじ》が。

やっぱり敵《てき》だ！

同《おな》じような敵《てき》が周囲《しゅうい》にも何体《なんたい》かいる。

「倒《たお》すぞ！　俺《おれ》らはオート死亡《しぼう》システムを解除《かいじょ》する目的《もくてき》もあるからな」

「了解《りょうかい》っす」

「分《わ》かりました」

【はい！】

敵《てき》は六体《たい》。

私《わたし》は一番近《いちばんちか》くにいる透明《とうめい》お化《ば》けに遠距離攻撃《えんきょりこうげき》を加《くわ》えた。

・舞《まい》の聖弓《せいきゅう》での攻撃《こうげき》！
透明《とうめい》お化《ば》けに的中《てきちゅう》。
・透明《とうめい》お化《ば》けに870のダメージ！
【減少後体力《げんしょうごたいりょく》】
・透明《とうめい》お化《ば》け（体力《たいりょく》）【920／1790】（−870）減少《げんしょう》

良《よ》かった。そんなに強《つよ》くない。

私《わたし》がこのマップの推奨《すいしょう》レベルを満《み》たせているのも大《おお》きいかも？

私《わたし》が攻撃《こうげき》を加《くわ》えた敵《てき》に朝霧《あさぎ》さんが止《とど》めを刺《さ》す。

10CPと経験値《けいけんち》5800を入手《にゅうしゅ》。

もらえるCPは、そこまで多《おお》くないけど、安全《あんぜん》にオート死亡《しぼう》システムを解除《かいじょ》するだけならちょうどいいかも。

「よし、ここらでこの敵《てき》を数体倒《すうたいたお》していくぞ！」

杉浦《すぎうら》さんの指示《しじ》に従《したが》い、私《わたし》たちは遠距離攻撃《えんきょりこうげき》で上手《うま》く敵《てき》の体力《たいりょく》を削《けず》りながら戦闘《せんとう》を続《つづ》けた。

その甲斐《かい》あり１００ＣＰ以上稼《いじょうかせ》ぐことができ、ここで全員《ぜんいん》のオート死亡《しぼう》システムを解除《かいじょ》することに成《せい》功《こう》。

ゲーム画面《がめん》にも【オート死亡《しぼう》システムが解除《かいじょ》されました】と表示《ひょうじ》される。

ホッとする瞬間《しゅんかん》だ。

「杉浦《すぎうら》さん、そろそろ書斎《しょさい》に行《い》くっすよ」

「ああ、そうだな」

私《わたし》たちは書斎《しょさい》の扉《とびら》を開《あ》け、中《なか》に入《はい》った。

ええと。

どこにヒントは隠《かく》されているんだろう？

「八城《やしろ》さん、その本棚《ほんだな》」

グッドタイミングだ。翼君《つばさくん》が教《おし》えてくれた。

「うん、そこ。てか、俺《おれ》らそろそろ帰《かえ》るけど。後《あと》は大丈夫《だいじょうぶ》そう？」

【うん、ありがとう】

私《わたし》は、お礼《れい》のつもりで精一杯笑顔《せいいっぱいえがお》を作《つく》った。

「別《べっ》に大《たい》したことはしてないけど……」

翼君《つばさくん》はそっぽを向《む》くと、田中《たなか》さんにぶっきらぼうに話《はな》しかけた。

「おっさん、片《かた》づけて帰《かえ》るよ」

「えええっ！」

「えええっじゃないよ。親父《おやじ》に叱《しか》られるだろ。これから帰《かえ》って片《かた》づけとか洗《あら》い物《もの》とかしなきゃなんだよ」

「おおっ、そうだった。すまん、すまん」

田中《たなか》さんは渋々《しぶしぶ》片《かた》づけをし始《はじ》めた。

「じゃあ、そろそろ俺《おれ》らは帰《かえ》るから」

「ああ、助《たす》かった」

「牛丼《ぎゅうどん》美味《おい》しかったっす」

「うん。また食《た》べたいね」

「うおおっ！　眼鏡神様《めがねしんさま》も牛丼《ぎゅうどん》の良《よ》さが分《わ》かるのか!!」

片《かた》づけをしていた田中《たなか》さんが朝霧《あさぎ》さんの発言《はつげん》を聞《き》き、とんできた。

「おっさん、片《かた》づけっ!!」

だけどすぐに翼君《つばさくん》に怒《おこ》られる始末《しまつ》。

田中《たなか》さんは「すまん、すまん」と陽気《ようき》に笑《わら》いながら片《かた》づけを再開《さいかい》した。

「もうっ、おっさんは注意力散漫《ちゅういりょくさんまん》だから困《こま》るよ」

ブツブツ言《い》いながら翼君《つばさくん》も片《かた》づけを続《つづ》けた。

平田《ひらた》さんと与一《よいち》さんも無事戦闘《ぶじせんとう》が終《お》わったので、自分《じぶん》のチームのメンバーが集《あつ》まる場所《ばしょ》に移動《いどう》していった。

いいなぁ、一足先《ひとあしさき》にマップを出《で》られたみんな。

うぅ、うらやましがっててもしょうがない。

探索《たんさく》を始《はじ》めよう。

私《わたし》は翼君《つばさくん》に教《おし》えてもらった本棚《ほんだな》を調《しら》べる。

メモをさっそく発見《はっけん》。私《わたし》はナイトメアの調《しら》べるを押《お》した。

【道《みち》を塞《ふさ》ぐ赤色《あかいろ》のものを攻撃《こうげき》せよ】

これでいいのかな？

私《わたし》たちは一階《かい》に降《お》り、あの椅子《いす》が山積《やまづ》みにされた場所《ばしょ》に向《む》かった。

そして赤色《あかいろ》の椅子《いす》に攻撃《こうげき》を加《くわ》える。

《謎《なぞ》の椅子《いす》》

おおおおおっ！
ちょうどその部分《ぶぶん》がこってたんだよなあ。
ふいー、助《たす》かった！
お礼《れい》にここをどいてやるぜ！

《！》
選択《せんたく》してください。
□マップから出《で》る
□出《で》ない

□なにもしない

あっ、選択肢《せんたくし》が出《で》てきた。
ん？　この変《へん》な行間《ぎょうかん》の空《あ》き方《かた》は何《なん》だろう？
マップから「出《で》ない」と「なにもしない」の間《あいだ》の空《あ》き方《かた》がおかしい。
試《ため》しにカーソルを移動《いどう》させてみる。

すると何《なに》も文字《もじ》がない場所《ばしょ》にカーソルを止《と》めることができた。

なにかあるかも?

そう思《おも》い、私《わたし》はそこでボタンを決定《けってい》させてみた。

すると……。

《謎《なぞ》の椅子《いす》》

く――っ!

そっちか!

仕方《しかた》ない、譲《ゆず》る。


イベント参加券《さんかけん》の切《き》れ端《はし》【19】を手《て》に入《い》れたと表示《ひょうじ》された。


――!!

私《わたし》は朝霧《あさぎ》さんの肩《かた》をポンポンッと叩《たた》き、自分《じぶん》の画面《がめん》を見《み》せた。

「えっ!? 舞《まい》さん、それどこで手《て》に入《い》れたの?」

紙《かみ》に書《か》いて説明《せつめい》をする。

「なるほど。この選択肢《せんたくし》を選《えら》べばいいんだね?」

コクッと私《わたし》は頷《うなず》いた。

「杉浦《すぎうら》さん、僕達《ぼくたち》も手《て》に入《い》れるっすよ」

「ああ、分《わ》かった」

だけど、手《て》に入《い》れたアイテムは全員《ぜんいん》が同《おな》じでイベント参加券《さんかけん》の切《き》れ端《はし》【19】だった。

私《わたし》たちはマップの外《そと》に出《で》て、そのイベント参加券《さんかけん》を調《しら》べてみた。


【1~50の切《き》れ端《はし》を入手《にゅうしゅ》すればイベント参加券《さんかけん》（一枚《まい》で四人《にん》がイベントに参加可能《さんかかのう》）にすることが可《か》能《のう》。誰《だれ》かがイベント参加券《さんかけん》にした時点《じてん》で切《き》れ端《はし》は入手《にゅうしゅ》できなくなる】


「なるほどな。つまり今回《こんかい》、新《しん》マップが五十も追加《ついか》されたのにはこういう意味《いみ》があったってことか」

「じゃあ同《おな》じマップには同《おな》じ切《き》れ端《はし》しかでないってことになるっすね」

「ああ、そうなるな。まあ、その話《はなし》はとりあえず後《あと》だ。まずは舞《まい》の口《くち》の神経機能《しんけいきのう》を取《と》り戻《もど》すぞ」

「了解《りょうかい》です」

「杉浦《すぎうら》さんのステータスじゃなかったら楽勝《らくしょう》っすね」

「俺《おれ》が舞《まい》のページからあのハニワ野郎《やろう》に通常戦《つうじょうせん》を仕掛《しか》ける。テメエらは後《あと》から入《はい》って来《こ》い」

そういってゲーム機《き》をいじりだす杉浦《すぎうら》さん。

よし、私《わたし》も戦闘《せんとう》に乱入《らんにゅう》を——。

そう思《おも》った瞬間《しゅんかん》、私《わたし》のステータスページのアバターの口部分《くちぶぶん》についていたバツマークが消《き》えた。

あれ？

「うわっ、杉浦《すぎうら》さん絶好調《ぜっこうちょう》っすね〜」

「僕《ぼく》の出番《でばん》がない……」

「ふんっ」

しばらくすると杉浦《すぎうら》さんからメールで、取《と》り戻《もど》した私《わたし》の口《くち》の神経機能《しんけいきのう》が添付《てんぷ》されてきた。

ホワッと何《なに》かが体内《たいない》から出《で》ていくような感《かん》じがする。

「……あ」

——！

声《こえ》が出《で》る！

「あの、ありがとうございました！」

私《わたし》がそう言《い》うと、みんなホッとした表情《ひょうじょう》をみせる。

「舞《まい》さん、良《よ》かった。本当《ほんとう》に戻《もど》ってくるのかって内心《ないしん》すごく心配《しんぱい》だったんだ」

「でも運《うん》の悪《わる》い杉浦《すぎうら》さんが命中率《めいちゅうりつ》二十パーセントのめった刺《ざ》しを七回《かい》も敵《てき》にヒットさせるなんて。さすが、杉浦《すぎうら》さんの怨《うら》みの力《ちから》はすごいっすね～！」

それを聞《き》いた杉浦《すぎうら》さんの表情《ひょうじょう》が一瞬《いっしゅん》にして変《か》わる。

「おい、ずいぶんと言《い》いたい放題《ほうだい》だな……」

ポカッ！

太一《たいち》さんったらまた口《くち》を滑《すべ》らしちゃったみたい。

あーあ、いつものごとく杉浦《すぎうら》さんにげんこつを食《く》らっちゃった。

「い、痛《いた》いっす……。僕《ぼく》の頭《あたま》がデコボコになったら杉浦《すぎうら》さんのせいっすよ」

「フンッ。そうならないように言葉《ことば》には気《き》を付《つ》けるんだな」

そう言《い》って杉浦《すぎうら》さんはゲーム機《き》と鞄《かばん》を手《て》に部室《ぶしつ》から出《で》ていく。

「あっ、杉浦《すぎうら》さん行《い》っちゃいましたよ？」

「多分《たぶん》、お父《とう》さんと連絡《れんらく》を取《と》るんだろうね」

「指示《しじ》がなかったってことは、あとは自由《じゆう》にしろってことっす。本格的《ほんかくてき》な活動《かつどう》は明日《あした》からっすね」

太一《たいち》さんって一瞬《いっしゅん》で杉浦《すぎうら》さんの考《かんが》えていることを理解《りかい》しちゃう。

二人《ふたり》の関係《かんけい》はなんだかんだいって、すごくいい感《かん》じなんだよね。

第一《だいいち》、杉浦《すぎうら》さんをおちょくるのなんて太一《たいち》さんだけだもん。

「でもこの切《き》れ端《はし》を集《あつ》めなきゃならないなら新《しん》マップが込《こ》みそうだね。五十枚《まい》で四人分《にんぶん》の参加券《さんかけん》か……。

大変《たいへん》そうだなあ」

「意外《いがい》に早《はや》く集《あつ》まるかもっすよ。なにせナイトメアプレイヤーは僕《ぼく》らだけじゃないっすから」

「確《たし》かにそうですね」

「うん、杉浦《すぎうら》さんの連絡《れんらく》で明日《あした》にはこの攻略《こうりゃく》ページも更新《こうしん》されるだろうしね。みんな協力《きょうりょく》してくれるよ」

今回《こんかい》は一番早《いちばんはや》く参加券《さんかけん》が手《て》に入《はい》るかもしれない。

私《わたし》たちはそんな期待《きたい》を込《こ》め、今日《きょう》は早《はや》めに寝《ね》ることにした。

8　意《い》地《じ》悪《わる》な山《やま》形《がた》君《くん》との再《さい》会《かい》

次《つぎ》の日《ひ》。

放課後《ほうかご》になり、早速《さっそく》イベントの参加券《さんかけん》の切《き》れ端《はし》を集《あつ》めに行《い》かなきゃと私《わたし》が意気込《いきご》んでいたら――。

ナイトメアに通信《つうしん》メールが送《おく》られてきた。

翼君《つばさくん》からだ。

なんだろう？

不思議《ふしぎ》に思《おも》いながらも内容《ないよう》を確認《かくにん》してみる。


【FROM：海津《かいつ》　翼《つばさ》】

【TO：八城《やしろ》　舞《まい》】

おはよ。

八城《やしろ》さんもアレに気付《きづ》いたんでしょ？

言《い》っとくけど負《ま》けないからね。

ま、せいぜい頑張《がんば》ってよね。　END

うっ。このメールの内容《ないよう》。

帰《かえ》る時《とき》になにも言《い》っていなかったけど、やっぱり翼君《つばさくん》もあの選択肢《せんたくし》の秘密《ひみつ》に気《き》づいてたんだ。

しかも翼君《つばさくん》、もう行動《こうどう》を始《はじ》めてるんだ。

翼君《つばさくん》が参加券《さんかけん》を手《て》に入《い》れちゃったら、絶対《ぜったい》に自分《じぶん》も同行者《どうこうしゃ》に入《はい》ることを条件《じょうけん》にしてくるだろうな。

そうでなくても簡単《かんたん》には譲《ゆず》ってくれないのは分《わ》かりきっている。

これは頑張《がんば》らなきゃ！

早速《さっそく》、攻略班《こうりゃくはん》のみんなで集《あつ》まろう！

その後《あと》、私《わたし》たちはイベント参加券《さんかけん》の切《き》れ端《はし》を手《て》に入《い》れるため、朝霧《あさぎ》さん、杉浦《すぎうら》さん、太一《たいち》さん達《たち》と一緒《いっしょ》に新《しん》マップを次々《つぎつぎ》とクリアしていった。

途中《とちゅう》、杉浦《すぎうら》さんと太一《たいち》さんが部《ぶ》の用事《ようじ》で抜《ぬ》けたため、今《いま》は朝霧《あさぎ》さんと二人《ふたり》で攻略中《こうりゃくちゅう》。

そして、なんとたった一日《にち》で、参加券《さんかけん》の切《き》れ端《はし》を三十八枚《まい》も手《て》に入《い》れることができた！

これは相当《そうとう》に頑張《がんば》ったぞ！

でもちょっと疲《つか》れたな。

それにお腹《なか》も減《へ》ってきたかも……。

「ふう。結構沢山《けっこうたくさん》こなしたね。舞《まい》さん、そろそろ夜《よる》ご飯《はん》にしようか？」

「あっ、はい。良《い》いですね」

というわけで、私《わたし》たちは食堂《しょくどう》にやってきた。

「舞《まい》さん、僕《ぼく》がご飯《はん》持《も》っていくから。席《せき》に座《すわ》っててよ」

「ありがとうございます」

どこに座《すわ》ろうかなと考《かんが》えていると、金田《かねだ》さんが一人《ひとり》でご飯《はん》を食《た》べているのを発見《はっけん》。

「金田《かねだ》さん、何食《なにた》べてるんですか？」

「あっ、八城《やしろ》さん。ええと、肉《にく》まんだよ。本当《ほんとう》は少《すこ》し前《まえ》にご飯食《はんた》べちゃったんだけど。……お腹《なか》がまた減《へ》っちゃって。うーん、だから太《ふと》るんだよなあ、僕《ぼく》って……」

なんて言《い》いながらも金田《かねだ》さんは肉《にく》まんをパクパク。

なんだかとっても幸《しあわ》せそう。

「あ、ねえ。八城《やしろ》さん、僕《ぼく》ね。……この頃《ごろ》、赤石君《あかいしくん》と話《はな》せるようになってきたんだ。……よく分《わ》からないけど向《む》こうから挨拶《あいさつ》してくれるんだ」

おおっ、これは陽子《ようこ》さんが注意《ちゅうい》してくれた効果《こうか》かな？

動機《どうき》はちょっと不純《ふじゅん》かもしれないけど、無視《むし》されたり、嫌《いや》がらせをされるよりかは良《い》いよね。

「良《よ》かったですね、金田《かねだ》さん」

「う、うん……。なんだか変《へん》な感《かん》じもするけど……ちょっと嬉《うれ》しいなって……」

ここでトレイに食事《しょくじ》をのせた朝霧《あさぎ》さんがやってきた。

「あっ、金田君《かねだくん》もご飯《はん》かい？」

「えっと……僕《ぼく》のは夜食《やしょく》になるかも」

「そうなんだ。僕達《ぼくたち》もここに座《すわ》ってもいいかな？」

「うん、もちろん」

私《わたし》たちは金田《かねだ》さんの隣《となり》と前《まえ》の席《せき》に座《すわ》った。

三人《にん》でナイトメアやテレビのことなどを話《はな》しながら楽《たの》しく食事《しょくじ》をしていたところ、朝霧《あさぎ》さんのナイトメアのランプが点滅《てんめつ》。

「あ、ごめん。通信《つうしん》メールがきたみたい」

ナイトメアをいじっている朝霧《あさぎ》さんの手《て》が急《きゅう》にピタリと止《と》まった。

どうしたのかな？

固《かた》まったみたいに動《うご》かない朝霧《あさぎ》さんに心配《しんぱい》になって、私《わたし》は朝霧《あさぎ》さんのゲーム機《き》を覗《のぞ》き込《こ》む。

「あ、あの、ごめんね。僕《ぼく》、ちょっと用事《ようじ》思《おも》い出《だ》した。今日《きょう》はもう部屋《へや》に戻《もど》るね」

突然《とつぜん》、慌《あわ》てたように立《た》ち上《あ》がる朝霧《あさぎ》さん。

「えっ、朝霧《あさぎ》さん？」

「ごめん、舞《まい》さん、金田君《かねだくん》。また明日《あした》ね！」

朝霧《あさぎ》さんが食堂《しょくどう》から、走《はし》って出《で》ていく。

「朝霧《あさぎ》さん、ど、どうしたのかなあ？」

「気《き》になりますね……」

金田《かねだ》さんには、こう言《い》ったけど、実《じつ》はさっきメールの内容《ないよう》を見《み》てしまっていた。

メールを送《おく》ってきた人物《じんぶつ》は山形拓郎《やまがたたくろう》。

【今日《きょう》八時《じ》から頭脳戦《ずのうせん》をする。お前《まえ》も観戦者《かんせんしゃ》として来《こ》い。来《こ》ないとお前《まえ》の秘密《ひみつ》をばらすぞ】

——山形拓郎《やまがたたくろう》？

それにこのメールの内容《ないよう》。

……もしかして中学生時代《ちゅうがくせいじだい》に朝霧《あさぎ》さんをいじめていた人《ひと》？

私《わたし》は食堂《しょくどう》の時計《とけい》に目《め》をやる。

あと十五分《ふん》で八時《じ》だ。

もしかして朝霧《あさぎ》さん、頭脳戦《ずのうせん》に行《い》くつもりなのかな？

どうしよう、なんだか心配《しんぱい》になってきちゃった。

私《わたし》は検索機能《けんさくきのう》で山形拓郎《やまがたたくろう》というプレイヤーを探《さが》し出《だ》す。

同《おな》じ名前《なまえ》の人《ひと》が候補《こうほ》に何人《なんにん》も上《あ》がってくる。

さすが、日本中《にほんじゅう》の人《ひと》が参加《さんか》しているナイトメア。

これじゃあ、どの人《ひと》が朝霧《あさぎ》さんに通信《つうしん》メールを送《おく》ってきた山形《やまがた》さんか分《わ》からない。

ID（整理番号《せいりばんごう》みたいなもの）を検索条件《けんさくじょうけん》に加《くわ》えて探《さが》す方法《ほうほう》もあるけれど、私《わたし》は探《さが》している山形《やまがた》さんのIDを知《し》らないので使《つか》えない。

一番手《いちばんて》っ取《と》り早《ばや》いのはメールの宛先《あてさき》からその人《ひと》のステータスページに飛《と》ぶことだけど、それができるのはメールを受《う》け取《と》った朝霧《あさぎ》さんだけだ。

あ、でも八時《じ》に朝霧《あさぎ》さんのページを確認《かくにん》すれば詳細《しょうさい》が分《わ》かるかも。

「あの……ど、どうしたの？　なにかあった？」

金田《かねだ》さんが少《すこ》しオロオロしながら尋《たず》ねてくる。

「実《じつ》は……」

話《はな》していいか迷《まよ》いはしたものの、やっぱり内緒《ないしょ》にすることもできなくて、私《わたし》は先《さき》ほど朝霧《あさぎ》さんのメールを見《み》て考《かんが》え付《つ》いた結果《けっか》を金田《かねだ》さんに話《はな》した。

「えっ……朝霧《あさぎ》さんをいじめていた人《ひと》が？　で、でもどうして今頃《いまごろ》になって急《きゅう》にまた話《はな》しかけてきたんだろうね？」

「……この間《あいだ》の週刊《しゅうかん》ナイトメアで私《わたし》たちの事《こと》が話題《わだい》になっていたし、それにイベントをクリアするたびに全《ぜん》プレイヤーに私《わたし》たちの名前《なまえ》は伝《つた》わっていたはずです。……だから気《き》にくわなかったんじゃないでしようか？」

朝霧《あさぎ》さんが前《まえ》に言《い》っていた。

いじめをする人《ひと》は、相手《あいて》を見下《みくだ》してくることが多《おお》い。

その人《ひと》が自分《じぶん》よりも目立《めだ》ったり、優位《ゆうい》に立《た》っていると気《き》にくわないんだ。

だから更《さら》に蹴落《けお》とそうとする。

少《すく》なくとも僕《ぼく》の場合《ばあい》はそうだった、と。

——八時《じ》になった。

こわごわ朝霧《あさぎ》さんのステータスページを確認《かくにん》する。

【頭脳戦観戦中《ずのうせんかんせんちゅう》・山形拓郎《やまがたたくろう》VS悪地蔵《わるじぞう》さん】

更《さら》にクリックすると【この頭脳戦《ずのうせん》の観戦《かんせん》を山形拓郎様《やまがたたくろうさま》に申請《しんせい》しますか？】と表示《ひょうじ》された。

良《よ》かった。このページからでも行《い》けるみたい。

「ど、どうするの、八城《やしろ》さん？」

「観戦《かんせん》しに行《い》きます。やっぱり朝霧《あさぎ》さんが心配《しんぱい》ですから」

「あっ、じゃあ僕《ぼく》も行《い》くね。何《なん》の役《やく》にも立《た》たないだろうけど……」

「いえ、こういう時《とき》は役《やく》に立《た》つ立《た》たないじゃないですよ。朝霧《あさぎ》さんの事《こと》を助《たす》けたいっていう、その気持《きも》ちが大切《たいせつ》だと思《おも》います。一緒《いっしょ》に観戦《かんせん》してくれると、私《わたし》も心強《こころづよ》いですし」

「そ、そっか。そうだよね！」
「はい。行《い》きましょう」
私《わたし》たちは早速頭脳戦《さっそくずのうせん》の観戦希望《かんせんきぼう》を出《だ》した。
といっても許可《きょか》を出《だ》してくれるのはこの山形拓郎《やまがたたくろう》って人《ひと》の方《ほう》だ。
許可《きょか》してくれるんだろうか？
そんな不安《ふあん》を抱《いだ》いていたけど、しばらくして私《わたし》たちの観戦《かんせん》は許可《きょか》された。
目《め》を閉《と》じると意識《いしき》が遠《とお》のいていく。
次《つぎ》に目《め》を開《あ》けた時《とき》。
私《わたし》と金田《かねだ》さんはいつものように頭脳戦《ずのうせん》の会場《かいじょう》に立《た》っていた。
真《ま》っ暗闇《くらやみ》の空間《くうかん》。
でも人《ひと》の顔《かお》やスクリーン、椅子《いす》等《など》の設置物《せっちぶつ》はきちんと見《み》える。
いつ来《き》ても不思議《ふしぎ》な空間《くうかん》だ。
中央《ちゅうおう》の対面《たいめん》する黒《くろ》い椅子《いす》の片方《かたほう》に肩《かた》までの茶髪《ちゃぱつ》の男《おとこ》の子《こ》が座《すわ》っている。
ドカンと足《あし》を放《ほう》り出《だ》してだらしない格好《かっこう》だ。
もう片方《かたほう》の椅子《いす》にはサングラスをかけたお地蔵《じぞう》さんが座《すわ》っていた。
しかも棍棒《こんぼう》を手《て》に持《も》っている。

『早《はや》くしろ、茶色《ちゃいろ》のあほんだら！』

た、確《たし》かに悪地蔵《わるじぞう》さんだ。

というか口《くち》が物《もの》すごく悪《わる》い……。

こんなお地蔵様《じぞうさま》、嫌《いや》だなあ。

「うるせー！　黙《だま》ってろ、カス!!」

山形《やまがた》さんも怒鳴《どな》り散《ち》らして応戦《おうせん》している。

ありゃー。これは、どっちもどっちって感《かん》じかも。

「ま、舞《まい》さん!?　それに金田君《かねだくん》も……」

私《わたし》たちに気付《きづ》いたらしく、朝霧《あさぎ》さんがこちらに走《はし》ってきた。

「ごめんなさい、朝霧《あさぎ》さん。実《じつ》はメールの内容《ないよう》、少《すこ》し見《み》えてしまって……」

「そ、そっか。……うん、分《わ》かった。僕《ぼく》の事《こと》を心配《しんぱい》してきてくれたんだよね？　うれしいよ。二人《ふたり》ともありがとう」

少《すこ》し複雑《ふくざつ》そうな表情《ひょうじょう》で朝霧《あさぎ》さんはニコッと微笑《ほほえ》んだ。

「ね、ねえ。朝霧《あさぎ》さん、ど、どうしてあの人《ひと》に呼《よ》ばれたの？」

「それは……」

「おいっ！　朝霧《あさぎ》、そいつら仲間《なかま》だろ？　ばらされたくなかったら……分《わ》かってるよな？」

「……」

朝霧《あさぎ》さんは俯《うつむ》いている。

えっ？　どういうこと？

「あの、朝霧《あさぎ》さん……？」

「ごめん、舞《まい》さん」

朝霧《あさぎ》さんは山形《やまがた》さんの方《ほう》を向《む》いた。

「山形君《やまがたくん》。僕《ぼく》はもう昔《むかし》の僕《ぼく》じゃないんだ!!　言《い》いたければ勝手《かって》に言《い》えばいいよ」

「ふーん、いいんだな？　おいお前《まえ》ら、こいつの中学生時代《ちゅうがくせいじだい》を知《し》ってるか？　根暗《ねくら》で無口《むくち》でよ。髪《かみ》の毛《け》もボッサボサ、しかもださい眼鏡《めがね》もかけててよ」

ケラケラと一人《ひとり》で笑《わら》っている山形《やまがた》さん。

「でな、俺《おれ》がちょっとからかったらよ。こいつ、鼻水垂《はなみずた》らしながらうええええって泣《な》くんだぜ！　弱《よわ》すぎだろーっ！」

……すごく不愉快《ふゆかい》だ。

人《ひと》の見《み》た目《め》や過去《かこ》をそんな風《ふう》に笑《わら》い飛《と》ばすなんて。

朝霧《あさぎ》さんは山形《やまがた》さんの喋《しゃべ》っている様子《ようす》をなにも言《い》わずにただじっと見《み》ている。

「ひ、酷《ひど》いよ……なんで……」

一方《いっぽう》、金田《かねだ》さんはまるで自分《じぶん》が悪口《わるぐち》を言《い》われているかのように涙《なみだ》ぐんでいる。

「おい、朝霧《あさぎ》。……なんか言《い》えよ、このネクラっ！」

朝霧《あさぎ》さんは静《しず》かに顔《かお》をあげた。

「……言《い》いたいことはそれだけかい？」

「あん？」

「君《きみ》にいじめられていたことは真実《しんじつ》だよ。だけどね、残念《ざんねん》ながらもう君《きみ》の思《おも》い通《どお》りにはいかない。今《いま》、僕《ぼく》の側《そば》にいてくれる人《ひと》たちはその過去《かこ》を知《し》っている人《ひと》ばかりだから」

「……っ、なんだと!?　生意気《なまいき》な野郎《やろう》だな！」

「なんとでも言《い》ってくれていいよ」

朝霧《あさぎ》さんは自信《じしん》に満《み》ちた表情《ひょうじょう》をしてきっぱりと言《い》い放《はな》つ。

「ねえ、山形君《やまがたくん》。無口《むくち》やネクラなことって誰《だれ》かに迷惑《めいわく》かけているの？　地球《ちきゅう》にはたくさんの人《ひと》がいるんだ。僕《ぼく》はそんな人《ひと》が世《よ》の中《なか》にいてもおかしくないし、個性《こせい》だと思《おも》うよ。むしろ君《きみ》みたいに他人《たにん》を平気《へいき》で傷《きず》つけることのできる心《こころ》の方《ほう》がよっぽど怖《こわ》いね」

「朝霧《あさぎ》さんの言《い》う通《とお》りです。私《わたし》は朝霧《あさぎ》さんの過去《かこ》がどうであれ関係《かんけい》ないです。一緒《いっしょ》にいたいからこうして一緒《いっしょ》にいるんです！」

金田《かねだ》さんも涙《なみだ》を服《ふく》で拭《ぬぐ》いながらコクコクと頷《うなず》いた。

「……舞《まい》さん、金田君《かねだくん》。帰《かえ》ろうか」

「えっ、もういいんですか？」

「うん、山形君《やまがたくん》は、僕《ぼく》を脅《おど》してゲームマネーとCPを毎日《まいにち》メールに添付《てんぷ》しろって言《い》ってきたんだ」

「ええっ、そうなの？　ひ、酷《ひど》いなあ」

「でも僕《ぼく》にはもう脅《おど》しなんて通用《つうよう》しないけどね。それを一言《ひとこと》言《い》ってやろうと思《おも》ってきたんだ」

吹《ふ》っ切《き》れたように爽《さわ》やかに笑《わら》う朝霧《あさぎ》さん。

「へへ。でも、本当《ほんとう》はちょっぴり怖《こわ》かったから、舞《まい》さんや金田君《かねだくん》がそばにいてくれて助《たす》かったよ。やっぱりちょっとかっこわるいね。僕《ぼく》」

と、そのとき、

「そ、そんなことないよ！　すごいよ!!」

ええ!!　金田《かねだ》さんが朝霧《あさぎ》さんをぎゅっと抱《だ》きしめながら泣《な》いていた。

「すごいよ！　本当《ほんとう》に勇気《ゆうき》のいることだよ。かっこいいよ！　朝霧《あさぎ》さん!!」

ぼろぼろ感動《かんどう》の涙《なみだ》を流《なが》しながら、朝霧《あさぎ》さんを抱《だ》きしめる金田《かねだ》さん。

「へへ。うん、ありがとう！」

朝霧《あさぎ》さんは戸惑《とまど》いつつもとても嬉《うれ》しそうだ。

「うん。かっこよかったですよ、朝霧《あさぎ》さん」

「えぇえええ！　ま、舞《まい》さん、そ、それは本当《ほんとう》かい。ぼ、僕《ぼく》かっこよかったかい⁉」

「うん、うん、朝霧《あさぎ》さんはかっこよかったよぉお」

朝霧《あさぎ》さんの質問《しつもん》に答《こた》えたのは金田《かねだ》さんだ。ようやく朝霧《あさぎ》さんから離《はな》れつつも、感動《かんどう》はまだまだおさまってないみたい。

同《おな》じくいじめられていた金田《かねだ》さんから見《み》たら、朝霧《あさぎ》さんは本当《ほんとう》にかっこよくうつったんだろうな。

「ち、ちょっと待《ま》てよ！」

ん？　なぜかここで急《きゅう》に山形《やまがた》さんが慌《あわ》てだした。

「まだなにか？」

「お、俺《おれ》の鼻《はな》の神経機能《しんけいきのう》！　それだけ取《と》り戻《もど》してくれよ！　うわさで聞《き》いたんだけどあんたらの部《ぶ》には上位《じょうい》のランカーが大勢《おおぜい》いるんだろ？　頼《たの》むよ！　朝霧《あさぎ》！」

もしかして山形《やまがた》さんの本当《ほんとう》の目的《もくてき》はこっちだったのかな？

「……考《かんが》えておくよ」

朝霧《あさぎ》さんはそう一言《ひとこと》だけ言《い》い、頭脳戦会場《ずのうせんかいじょう》を後《あと》にした。

同《おな》じく私《わたし》たちも頭脳戦会場《ずのうせんかいじょう》を後《あと》にする。

山形《やまがた》さんの「お願《ねが》いだ、助《たす》けてくれよ！」という叫《さけ》び声《ごえ》が意識《いしき》が完全《かんぜん》に遠《とお》のくまで聞《き》こえ続《つづ》けていた。

9 山形君《やまがたくん》の秘密《ひみつ》

頭脳戦会場《ずのうせんかいじょう》から戻《もど》ってきた私《わたし》たち。

早速《さっそく》、山形《やまがた》さんのステータスページに飛《と》んでみる。

確《たし》かに鼻《はな》にバツマークがついている。

その部分《ぶぶん》をクリックしてみると――。

ネンドロドロゴンという敵《てき》の名前《なまえ》が表示《ひょうじ》された。

「この敵《てき》……増田《ますだ》さんが入《はい》った事《こと》のあるっていうランキング五十位以内《いいない》の人《ひと》じゃないと入《はい》れない禁断《きんだん》のマップの敵《てき》じゃ……」

「えっ？　ね、ねえ、でもこの山形《やまがた》って人《ひと》……ランキング五十位以内《いいない》じゃないよね？」

ナイトメアでステータスページを見《み》ていた金田《かねだ》さんがそう呟《つぶや》く。

それ以外《いがい》にこの敵《てき》と戦《たたか》う機会《きかい》があるとするなら――。

「もしかして誰《だれ》かの代償《だいしょう》を取《と》り戻《もど》そうとしてたんじゃないでしょうか？」

「なるほど、その可能性《かのうせい》はありそうだね。詳細《しょうさい》を見《み》てみようか」

朝霧《あさぎ》さんが詳細《しょうさい》でネンドロドロゴンが所持《しょじ》している復活代償《ふっかつだいしょう》を調《しら》べていく。

「山形君《やまがたくん》以外《いがい》には知《し》らない名前《なまえ》が三人《にん》、他《ほか》には……山形雪子《やまがたゆきこ》って子《こ》の左手《ひだりて》と鼻《はな》と口《くち》の復活代償《ふっかつだいしょう》を奪《うば》っているみたいだけど」

山形雪子《やまがたゆきこ》……。

それに山形拓郎《やまがたたくろう》、同《おな》じ苗字《みょうじ》だ。もしかして家族《かぞく》かな？

「朝霧《あさぎ》さん、これって……」

「うん、僕《ぼく》もそう思《おも》う。確《たし》か山形君《やまがたくん》には二つ違《ちが》いの妹《いもうと》がいたはず」

私《わたし》は山形雪子《やまがたゆきこ》さんのステータスページに飛《と》んでみた。

ランキング四十九位《い》。

確《たし》かに禁断《きんだん》のマップにも入《はい》れるレベルだ。

「朝霧《あさぎ》さん、どうしましょう？」

「……確《たし》かに山形君《やまがたくん》には嫌《いや》な思《おも》いをさせられてきた。でも僕《ぼく》はナイトメアなんかで彼《かれ》に仕返《しかえ》しをしようなんて思《おも》わないよ。それこそナイトメアの存在《そんざい》を認《みと》めたことになってしまうでしょう？」

「朝霧《あさぎ》さん……」

本当《ほんとう》は山形《やまがた》さんの事《こと》を憎《にく》む気持《きも》ちもあると思《おも》う。

だっていじめのせいで、朝霧《あさぎ》さんが中学生時代《ちゅうがくせいじだい》を楽《たの》しく送《おく》れなかったのは事実《じじつ》だろうから。

「それにちょっと不思議《ふしぎ》なんだ。今《いま》、山形君《やまがたくん》を見《み》ても中学生《ちゅうがくせい》の頃《ころ》よりも遥《はる》かに恐怖《きょうふ》を抱《いだ》かなくなってる。……もしかしたらみんなと出会《であ》えたからかもしれないね。自分《じぶん》に味方《みかた》がいるって思《おも》うとすごく心強《こころづよ》くなれるから」

朝霧《あさぎ》さんは、吹《ふ》っ切《き》れたようなすがすがしい顔《かお》をしていた。

なんだか私《わたし》も嬉《うれ》しくなる。

「じゃ、じゃあ朝霧《あさぎ》さん、この人《ひと》を助《たす》けるんですか？」

「うーん、でも今回《こんかい》ばかりはちょっとキツそうだね」

杉浦《すぎうら》さん、田中《たなか》さん、増田《ますだ》さん、陽子《ようこ》さんといったランキング上位者《じょういしゃ》で通常戦《つうじょうせん》を仕掛《しか》けても勝《か》てるか分《わ》からない。

このマップの敵《てき》は詐欺《さぎ》なくらい強《つよ》いと増田《ますだ》さんも言《い》っていたし。

「……取《と》り戻《もど》す方法《ほうほう》なら頭脳戦《ずのうせん》がいいと思《おも》うんですが」

私《わたし》の言葉《ことば》を聞《き》き、朝霧《あさぎ》さんがハッとした顔《かお》をする。

「ま、まさか舞《まい》さん、頭脳戦《ずのうせん》をしようとしているの!?」

「……この雪子《ゆきこ》さん、口神経《くちしんけい》も失《うしな》ってますよね？　すごく困《こま》ってると思《おも》うんです」

私《わたし》は口神経機能《くちしんけいきのう》を失《うしな》ったばかりだ。その不便《ふべん》さはあの短《みじか》い時間《じかん》でも相当《そうとう》だった。

そのうえ鼻《はな》や左手《ひだりて》まで使《つか》えないなんて。

きっと不安《ふあん》でいっぱいだと思《おも》う。

「いや、ちょっと待《ま》って！　じゃあ僕《ぼく》が頭脳戦《ずのうせん》をするよ」

「でも交渉上手《こうしょうじょうず》のスキルがないと頭脳戦《ずのうせん》に持《も》ち込《こ》めない可能性《かのうせい》が高《たか》いので危険《きけん》ですよ」

頭脳戦《ずのうせん》に持《も》ち込《こ》めなければ意味《いみ》がないんだ。

そうなれば通常戦《つうじょうせん》で負《ま》けてしまう。

そしてまた代償《だいしょう》が奪《うば》われる。

悪循環《あくじゅんかん》だ。

「ねえねえ、真剣《しんけん》な顔《かお》をして一体何話《いったいなにはな》してんの？」

「あれ？　その敵《てき》は……」

ここで陽子《ようこ》さんと増田《ますだ》さんがやってきた。

増田《ますだ》さんは朝霧《あさぎ》さんのゲーム機《き》を覗《のぞ》き込《こ》み険《けわ》しい顔《かお》をする。

「増田《ますだ》さん、どうしたの？　この敵《てき》がなにかあるの？」

「……陽子《ようこ》さん、この敵《てき》は禁断《きんだん》のマップ、つまり魔《ま》の領域《りょういき》に出現《しゅつげん》する敵《てき》なんです。遠距離攻撃《えんきょりこうげき》で120しか与《あた》えられず逃《に》げたんですが」

「ええっ、増田《ますだ》さんで120！　って最大体力《さいだいたいりょく》は!?」

「34000です。詐欺《さぎ》みたいですよね。こんな敵倒《てきたお》せるわけがない。いや、倒《たお》すには倍以上《ばいいじょう》のレベルがいるでしょうね」

「こ、怖《こわ》いマップだなあ……」

金田《かねだ》さんはぶるるっと体《からだ》を震《ふる》わせた。

「……あの、ちょっと失礼《しつれい》します」

そう言《い》い、増田《ますだ》さんは私《わたし》たちのゲーム機《き》を順番《じゅんばん》に見《み》ていく。

「なるほど。代償《だいしょう》を奪《うば》っているんですね。……と言《い》うことは八城《やしろ》さん、ネンドロドロゴンに頭脳戦《ずのうせん》をしかけるつもりですか？」

「……はい、実《じつ》はそうなんです」

怖《こわ》いけど、挑戦《ちょうせん》したいという気持《きも》ちが大《おお》きい。

山形《やまがた》さんは朝霧《あさぎ》さんをいじめていた。

だからって山形《やまがた》さんの妹《いもうと》さんを助《たす》けないというのは、陰湿《いんしつ》な仕返《しかえ》しみたいでちょっと嫌《いや》だ。

ある人《ひと》を憎《にく》んで、本来《ほんらい》は関係《かんけい》のない人《ひと》まで更《さら》に憎《にく》む。

そんなの負《ふ》の連鎖《れんさ》でしかない。

どこかで断《た》ち切《き》らなきゃ恨《うら》みは増加《ぞうか》し続《つづ》けていってしまう。

それに困《こま》っている人《ひと》を見《み》つけたら、放《ほう》ってなんておけないよ。

この部活《ぶかつ》に入《はい》ってからは杉浦《すぎうら》さんからも、救《すく》える奴《やつ》は一人《ひとり》でも多《おお》く救《すく》えと言《い》われてきた。

今回《こんかい》の挑戦《ちょうせん》はその意志《いし》を証明《しょうめい》するという意味《いみ》も持《も》つはず。

「朝霧《あさぎ》さん、私《わたし》はナイトメア攻略班《こうりゃくはん》の一員《いちいん》として、ナイトメアに負《ま》けないという意味《いみ》でもこの頭脳戦《ずのうせん》をやろうと思《おも》います」

迷《まよ》いのない目《め》で朝霧《あさぎ》さんを見《み》る。

朝霧《あさぎ》さんはうーんとしばらく考《かんが》え込《こ》んだのち、コクッと頷《うなず》いた。

「うん、そうだね。それに僕《ぼく》、前《まえ》に言《い》ったもんね。相談《そうだん》してくれれば君《きみ》の決意《けつい》はできる限《かぎ》り尊重《そんちょう》するつもりだって」

「分《わ》かってくれるんですね！　ありがとうございます」

「も、もちろんだよ！」

朝霧《あさぎ》さんの顔《かお》がほんのり赤《あか》くなる。

「あ、あの。観戦《かんせん》しても良《い》いよね？　やっぱり、その……心配《しんぱい》なんだ」

もちろんですと言《い》おうとしたら――。

「でた！　朝霧《あさぎ》さんの心配性《しんぱいしょう》！　あはは、朝霧《あさぎ》さんって舞《まい》ちゃんの事《こと》になると毎度《まいど》ながらこれだもんね～」

なんて陽子《ようこ》さんが茶化《ちゃか》しちゃったから大変《たいへん》。

「えっ、えええっ⁉　だ、だって心配《しんぱい》だし！　観戦《かんせん》しないでいるなんて……考《かんが》えられないでしょ⁉　これって過剰《かじょう》な心配《しんぱい》じゃないよね？」

なぜか金田《かねだ》さんに同意《どうい》を求《もと》める朝霧《あさぎ》さん。

「え……ぼ、僕《ぼく》よく分《わ》からないよ、ご、ごめん」

金田《かねだ》さんはキョトンとしている。

「八城《やしろ》さん、とりあえず杉浦《すぎうら》さんに許可《きょか》をもらった方《ほう》が良《い》いと思《おも》いますよ。失敗《しっぱい》したらリスクもあることなんで」

「はい、そうですよね」

「あ！　じゃああたしが呼《よ》んできてあげる！」

「えっ？　いいんですか？」

「うん、んじゃ、行《い》ってくるね」

陽子《ようこ》さんは、そういうとあっという間《ま》に食堂《しょくどう》から出《で》て行《い》った。


しばらく待《ま》っていると杉浦《すぎうら》さんと太一《たいち》さんが陽子《ようこ》さんに連《つ》れられて食堂《しょくどう》にやってきた。

「……話《はなし》というのはなんだ？」

席《せき》に座《すわ》るなり杉浦《すぎうら》さんが早速話《さっそくはなし》を振《ふ》ってきた。

私《わたし》は杉浦《すぎうら》さんと太一《たいち》さんにこれまでの経緯《けいい》を話《はな》した。

「なるほどな。……で、舞《まい》、テメエはやりたいんだな？」

「……はい！」

「ふーん、なら反対《はんたい》はしねえ。だが負《ま》けた時《とき》は大《おお》きなリスクがある。それは覚悟《かくご》できてるのか？」

私《わたし》はコクッと頷《うなず》いた。

「ふんっ、上等《じょうとう》じゃねえか」

ニヤリと杉浦《すぎうら》さんは笑《わら》った。

「なかなか舞《まい》は度胸《どきょう》があるっすよね。杉浦《すぎうら》さんも舞《まい》のことなかなか根性《こんじょう》があってすごい奴《やつ》だと褒《ほ》めてたっすよ」

「えっ」

「おい！　余計《よけい》な事《こと》を言《い》うんじゃねえ！」

ドカッと椅子《いす》を蹴飛《けと》ばされる太一《たいち》さん。

杉浦《すぎうら》さんは耳《みみ》を触《さわ》っている。

もう、照《て》れるくらいなら素直《すなお》に褒《ほ》めてくれればいいのに！

「おい、決《き》まったんなら早《はや》くしろ！　頭脳戦《ずのうせん》はレベルが関係《かんけい》ないから今《いま》すぐ出来《でき》るだろ」

「あ、はい」

もしかして杉浦《すぎうら》さんもみんなと一緒《いっしょ》に観戦《かんせん》しに来《き》てくれるつもりなんだろうか。

うん、きっとそうだよね。
みんなが見守《みまも》ってくれるなら、心強《こころづよ》い。
私《わたし》は早速《さっそく》ネンドロドロゴンとの頭脳戦《ずのうせん》を開始《かいし》した。

⑩ ネンドロドロゴンとの頭脳《ずのう》戦《せん》

私《わたし》の持《も》つ交渉上手《こうしょうじょうず》のスキルがあれば、百パーセントの確率《かくりつ》で頭脳戦《ずのうせん》に持《も》ち込《こ》むことができる。

その為《ため》、私《わたし》はいつものように頭脳戦会場《ずのうせんかいじょう》に飛《と》んだ。

暗闇《くらやみ》の中《なか》にスクリーンと対面《たいめん》して置《お》かれた黒《くろ》い椅子《いす》が二脚《きゃく》。

対戦相手《たいせんあいて》が既《すで》に座《すわ》っている。

目《め》や口《くち》や手足《てあし》がついたお餅《もち》のようなその姿《すがた》。

そして背中《せなか》には泥《どろ》でできた翼《つばさ》がついている。

たとえるなら粘土工作《ねんどこうさく》で作《つく》った変《へん》な置物《おきもの》かな……。

『わたくしに喧嘩《けんか》を売《う》るとは身《み》の程知《ほどし》らず極《きわ》まりないですよ。速攻《そっこう》で片《かた》づけてあげましょうぞ！』

なにこの敵《てき》。なんだか自信《じしん》たっぷりだけど？

それに丁寧《ていねい》に喋《しゃべ》っているつもりなのかもしれないけど、なんだか違和感《いわかん》がある。

無理《むり》しているみたい。

そのとき、ネンドロドロゴンはコマンド決定用《けっていよう》の操作装置《そうさそうち》をヌバーと体内《たいない》に取《と》り込《こ》んだ。

『フフフ……。これでわたくしが何《なに》を選《えら》んだか分《わ》かりますまい』

「……」

ここで観戦希望《かんせんきぼう》が何件《なんけん》か来《き》た。

申請《しんせい》をしてくれたのは朝霧《あさぎ》さん、杉浦《すぎうら》さん、陽子《ようこ》さん、太一《たいち》さん、金田《かねだ》さん、増田《ますだ》さんだ。

私《わたし》は当然《とうぜん》、全員《ぜんいん》に許可《きょか》を出《だ》し、みんなが頭脳戦会場《ずのうせんかいじょう》にやってきてくれた。

「舞《まい》さん、何《なに》かあれば僕《ぼく》に何《なん》でも言《い》ってね」

「舞《まい》ちゃん、ガンバ!!」

「落《お》ち着《つ》いてやるっすよ！」

「俺《おれ》も微力《びりょく》ながら応援《おうえん》しています」

「や、八城《やしろ》さん……が、頑張《がんば》って…！」

「おいっ、焦《あせ》るんじゃねえぞ」

みんなが一斉《いっせい》に私《わたし》を応援《おうえん》してくれている。

「ありがとうございます！　頑張《がんば》ります」

この敵《てき》を倒《たお》して、山形《やまがた》さんの妹《いもうと》さんの神経機能《しんけいきのう》を取《と》り戻《もど》すんだ。

私《わたし》はみんなの声援《せいえん》に改《あらた》めて、強《つよ》く決意《けつい》した。

『さあ、選択《せんたく》してくださいよ。うひひ』

……。まず私《わたし》の攻撃《こうげき》ターンだ。

どうしようか？

頭脳戦《ずのうせん》は攻撃《こうげき》ターンと防御《ぼうぎょ》ターンの交替制《こうたいせい》で進行《しんこう》していく。

プレイヤー側《がわ》は攻撃《こうげき》ターンを最初《さいしょ》に取《と》ることができるわけだけど、ここで攻撃側《こうげきがわ》が選択《せんたく》できるコマンドは【上段攻撃《じょうだんこうげき》】【下段攻撃《げだんこうげき》】【ためる】【会話《かいわ》】【クリティカル攻撃《こうげき》（ためる三回《かい》で選択可能《せんたくかのう》・一撃必殺《いちげきひっさつ》）】この五つとなる。

反対《はんたい》に防御側《ぼうぎょがわ》は【ジャンプ】【しゃがむ】【ためる】【カウンター】【クリティカル防御《ぼうぎょ》】の計《けい》五つ。

私《わたし》は敵《てき》を見《み》る。
もう決《き》めているのかな？
目《め》をつぶってなんだかニヤニヤとにやけている。
私《わたし》はさりげなく自分《じぶん》の周囲《しゅうい》を見回《みまわ》した。
以前《いぜん》の敵《てき》のフェイクのようにイカサマできる何《なに》かはなさそうだけど……？
「もう決《き》めたのよね？」
ちょっと探《さぐ》りを入《い》れてみる。
『その通《とお》り、決《き》まりましたよ。ぐふふ』
なんて言《い》ってネンドロドロゴンは手《て》をパンパン叩《たた》き出《だ》した。
——⁇
……変《へん》な喋《しゃべ》り方《かた》に続《つづ》いて、意味不明《いみふめい》な行動《こうどう》まで。
勝負《しょうぶ》の前《まえ》になんだかそっちに気《き》が取《と》られてしまいそうだ。
とりあえず様子見《ようすみ》でためるをしてみようか？
——いや、でも敵《てき》もためるをしてきそうな気《き》もする。
うーん。私《わたし》はもう一度《いちど》敵《てき》に視線《しせん》を向《む》ける。
パン、パパパンッ！

まだ手《て》を叩《たた》いているよ。

一体何《いったいなに》がしたいのやら……。

もしかしてこの行動《こうどう》に何《なに》か意味《いみ》があるのかな？

でも仮《かり》にそうだとしても、現段階《げんだんかい》じゃそれも分《わ》からない。

とりあえず上段攻撃《じょうだんこうげき》を……。

ナイトメアに目《め》を向《む》ける。

上段攻撃《じょうだんこうげき》を選択《せんたく》しようとした時《とき》、なぜか分《わ》からないけれど、突然嫌《とつぜんいや》な予感《よかん》に襲《おそ》われた。

――やっぱりためるにしよう。

相手《あいて》はカウンターをしてくるような気《き》がする。

ぎりぎりで私《わたし》はコマンド変更《へんこう》。

そして、ゲーム画面《がめん》に表示《ひょうじ》された結果《けっか》に目《め》を向《む》けると、両者《りょうしゃ》ともためるを選択《せんたく》していた。

……予想《よそう》が外《はず》れた。

まあ、こういうこともあるよね。

『ふっふっふっ、次《つぎ》はわたくしの攻撃《こうげき》ターンでございます。もう決定《けってい》させていただきましたよ』

なんて言《い》いながらネンドロドロゴンはまた手《て》をパンパンッと叩《たた》きだす。

――⁇

「あの、静《しず》かにしてもらえますか？」

『うるさい!!　何《なに》をしようが俺《おれ》の勝手《かって》だ！』

……口調《くちょう》が一気《いっき》に変《か》わった？

うーん。やっぱり何《なに》かありそうな感《かん》じ。

私《わたし》はもう一度《いちど》敵《てき》の動作《どうさ》を確認《かくにん》する。

手《て》をパンパンと叩《たた》き、踊《おど》っているようなしぐさ。

私《わたし》がコマンドを決《き》めるまでの暇《ひま》つぶしのようにも見《み》えるけれど――？

とりあえずコマンドを決定《けってい》させよう。

敵《てき》は選択《せんたく》したコマンドによっぽど自信《じしん》があるのか、悩《なや》む様子《ようす》も不安《ふあん》な素振《そぶ》りもなかった。

――ためるでクリティカル攻撃《こうげき》を狙《ねら》っている？

そう考《かんが》えれば防御側《ぼうぎょがわ》の私《わたし》の選択《せんたく》するコマンドは同《おな》じくためるがいいはず。

よし。私《わたし》はためるを選択《せんたく》しようとナイトメアの画面《がめん》に手《て》を伸《の》ばす。

だけど――。

なぜかまた、物《もの》すごくいやーな予感《よかん》がした。

ためるを選択《せんたく》しようとすると、手《て》がしびれたように震《ふる》えてくる。

動《うご》かない。

な、なにこれ……？

そのとき、ナイトメアの画面《がめん》に観戦希望《かんせんきぼう》の文字《もじ》が。

希望者《きぼうしゃ》は、山形拓郎《やまがたたくろう》と表示《ひょうじ》されている。

——朝霧《あさぎ》さんをいじめていたあの人《ひと》だ。

観戦《かんせん》の許可《きょか》しても良《い》いのかな？

もしかして応援《おうえん》しに来《き》てくれたのかもしれないし——はじめっから疑《うたが》うのはよくないよね。

そう考《かんが》え、私《わたし》は観戦《かんせん》を許可《きょか》した。

次《つぎ》の瞬間《しゅんかん》、観客席《かんきゃくせき》に茶髪《ちゃぱつ》の男《おとこ》の子《こ》が現《あらわ》れる。

「ふーん。朝霧《あさぎ》、自分《じぶん》が戦《たたか》うのが嫌《いや》だからって女《おんな》に頼《たの》んだんだ？　だっせー！」

——!!

応援《おうえん》しに来《き》てくれたんじゃなかったみたい。どこまでも意地悪《いじわる》な人《ひと》！

「それは違《ちが》います！　これは私《わたし》の意志《いし》です!!」

私《わたし》がそう反論《はんろん》すると山形《やまがた》さんはケラケラと笑《わら》う。

「女《おんな》にかばわれてやんの！　やっぱりよえーなあ、朝霧《あさぎ》は」

朝霧《あさぎ》さんはキッと山形《やまがた》さんを睨《にら》み付《つ》ける。

「山形君《やまがたくん》、君《きみ》はなんでそういった言《い》い方《かた》しかできないんだ!?　舞《まい》さんは舞《まい》さんの意志《いし》で君《きみ》の妹《いもうと》のために戦《たたか》ってくれているんだぞ！　それに舞《まい》さんが一番《いちばん》、頭脳戦《ずのうせん》の勝率《しょうりつ》が高《たか》いんだ。ナイトメアは遊《あそ》びじゃない、君《きみ》はその事《こと》を分《わ》かっているのか⁉」

山形《やまがた》さんはそっぽを向《む》いた。

「仲間《なかま》が大勢《おおぜい》いるからって強気《つよき》になっちゃって。ますますキモイんですけどー？」

「うっわー！　なにこの人《ひと》？　最低《さいてい》！　ねえねえ、もう助《たす》けなくてもいいんじゃない？」

「う、うん……僕《ぼく》もそう思《おも》う」

陽子《ようこ》さんと金田《かねだ》さんは、かなり山形《やまがた》さんに腹《はら》をたてている。

「うるせぇ！　おいっ、ちゃんとこの敵《てき》を倒《たお》さないとネットにお前《まえ》らの悪口《わるぐち》を書《か》き込《こ》みまくってやるからな！」

「へえ……なるほど。それは面白《おもしろ》い考《かんが》えですね。でも、知《し》っていますか？　匿名《とくめい》の書《か》き込《こ》みでバレないと思《おも》っているかもしれませんが、悪質《あくしつ》な書《か》き込《こ》みであれば今《いま》の時代《じだい》、調《しら》べられ捕《つか》まることもあるんですよ」

そう言《い》って増田《ますだ》さんは爽《さわ》やかな笑《え》みを浮《う》かべる。

「……っ⁉」

そんな情報《じょうほう》を知《し》らなかったらしい山形《やまがた》さんは反論《はんろん》できずに黙《だま》ってしまった。

「おいっ」

ここですでに怖《こわ》ーい顔《かお》の杉浦《すぎうら》さんが登場《とうじょう》。

「な、なんだよ……？」

山形《やまがた》さんは強《つよ》がってはいるが、明《あき》らかに杉浦《すぎうら》さんを見《み》て、怖《お》じ気《け》づいているように見《み》えた。

「そんなに誰《だれ》かをいじめたいならまず俺《おれ》をいじめろよ？　最近骨《さいきんほね》のない奴《やつ》ばっかで退屈《たいくつ》してたんだよなあ。……な、いいだろ？」

両手《りょうて》を重《かさ》ね、バキッバキッと恐《おそ》ろしい音《おと》を出《だ》す杉《すぎ》浦《うら》さん。

そして彼《かれ》はニヤッと背筋《せすじ》が凍《こお》りつきそうなほど不《ぶ》気味《きみ》な笑《え》みを浮《う》かべる。

うわあ、なんだか本当《ほんとう》に何人《なんにん》もをボコボコにしてきた喧嘩《けんか》の達人《たつじん》みたいだ。

「杉浦《すぎうら》さんを怒《おこ》らせたらヤバいっすよ。なにせ目《め》をつけられたら、生《い》きて帰《かえ》ってこられる者《もの》はいない地《じ》獄《ごく》の鬼《おに》っすからね」

調子《ちょうし》に乗《の》った太一《たいち》さんが更《さら》に相手《あいて》をびっくりさせようとそんな事《こと》を言《い》うものだから……。

「おい、いい加減《かげん》いうな！」

山形《やまがた》さんより先《さき》に太一《たいち》さんが杉浦《すぎうら》さんに頭《あたま》を叩《たた》かれてしまった。

バキッ!!!!

手《て》が滑《すべ》ったのかいつもより、物《もの》すごい音《おと》が――。

「ひいいっ、いたっ！　いたたたたっ!!」

よっぽど痛《いた》かったのか太一《たいち》さんはしゃがみ込《こ》み、頭《あたま》を抱《かか》えて悶《もだ》えている。

それを見《み》た山形《やまがた》さんは明《あき》らかに動揺《どうよう》している。

なんたって、この図《ず》は身内《みうち》にも容赦《ようしゃ》なく攻撃《こうげき》を加《くわ》える杉浦《すぎうら》さんだもの。

「う、い、今《いま》は忙《いそが》しいからな。ない、ない！　うん、今《いま》はそんな暇《ひま》はない。とりあえず代償《だいしょう》は返《かえ》してくれよ！　そ、そうしたら……勘弁《かんべん》してやる！」

声《こえ》を震《ふる》わせながら山形《やまがた》さんは頭脳戦会場《ずのうせんかいじょう》から撤退《てったい》していった。

はやっ！

「なんだあいつは？　俺《おれ》が見《み》てきた奴《やつ》の中《なか》で一番雑魚《いちばんざこ》だな」

「しかも、あれじゃモテないよね〜きっと！」

「こ、これでもう何《なに》もしてこないかな？」

「っすね！　多分大丈夫《たぶんだいじょうぶ》だと思《おも》うっすよ」

朝霧《あさぎ》さんはホッと安堵《あんど》の息《いき》をつくと私《わたし》の方《ほう》を見《み》た。

「舞《まい》さん、騒《さわ》がしくしてごめんね」

「いえ、大丈夫《だいじょうぶ》です！」

「……頑張《がんば》ってね。僕《ぼく》、応援《おうえん》してるから!!」

朝霧《あさぎ》さんは顔《かお》をほんのり赤《あか》くして、私《わたし》に大《おお》きく手《て》を振《ふ》ってくれた。

「ありがとうございます！」

私《わたし》は朝霧《あさぎ》さんの顔《かお》を見《み》てうなずくと、対戦相手《たいせんあいて》に目《め》を向《む》ける。

パンパンパンッ！

パパパンパンッ!!

かなり待《ま》たせてるのに怒《おこ》る様子《ようす》もなくひたすら手《て》を叩《たた》いているネンドロドロゴン。

絶対《ぜったい》におかしい！

私《わたし》はもう一度《いちど》ためるを選択《せんたく》しようと手《て》を持《も》っていく。

その瞬間《しゅんかん》、また不安《ふあん》な気持《きも》ちにおそわれ、手《て》が震《ふる》えだした。

……。

反対《はんたい》にカウンターを選択《せんたく》しようとすると手《て》は震《ふる》えない。

なんとなく分《わ》かったかも。

やはり、この敵《てき》もズルをしている。

言葉遣《ことばづか》いをわざと変《へん》にして、変《へん》なキャラクターを演《えん》じているんだ。そうすれば他《ほか》の変《へん》な行動《こうどう》がそこまで目立《めだ》たなくなるというわけね。

「あの、その変《へん》な踊《おど》りと手《て》を叩《たた》くの気《き》が散《ち》るのでやめてもらえませんか？」

『うるさい！　そんなの俺《おれ》の自由《じゆう》だ！　だいたいこれは俺《おれ》の通常待機《つうじょうたいき》ポーズなんだ!!』

この怒《おこ》りよう。

自分《じぶん》がこの方法《ほうほう》でイカサマをしていますと言《い》っているようなものじゃない。

やっぱり、手《て》を叩《たた》いて踊《おど》るのがこの敵《てき》のイカサマで間違《まちが》いないと思《おも》う。

仕組《しく》みは分《わ》からないけど、その効果《こうか》は、ネンドロドロゴンにとって不利《ふり》なコマンドを対戦相手《たいせんあいて》が選択《せんたく》しようとしたら、相手《あいて》が不安《ふあん》な気持《きも》ちになるというものだろう。

やっぱり魔《ま》の領域《りょういき》の敵《てき》は一味違《ひとあじちが》う。

でもどうする？

踊《おど》りは見《み》なければいいけれど、音《おと》は両耳《りょうみみ》を防《ふさ》がなければ回避《かいひ》しようがない。

でもそれだと決定《けってい》ができなくなっちゃう。

――いや、待《ま》てよ？

ちょっと品《ひん》がないけれど、手《て》を使《つか》わなくても頑張《がんば》れば決定《けってい》はできる。
問題《もんだい》はこのイカサマを見破《みやぶ》るポイントね。
覚《おぼ》えておいてよ。イカサマにはイカサマで返《かえ》してやるんだから!!
私《わたし》はこのターン、何食《なにく》わぬ顔《かお》でカウンターを選択《せんたく》した。
やはり結果《けっか》は相手《あいて》はためる。
「攻撃《こうげき》をしておけばよかった……」
『ふっふっふっ。そのようですな』
相手《あいて》は得意《とくい》げ。
私《わたし》があえて悔《くや》しがってみせたのには気《き》づいてない様子《ようす》。
そして次《つぎ》は私《わたし》の攻撃《こうげき》ターン。
上段攻撃《じょうだんこうげき》と下段攻撃《げだんこうげき》を選択《せんたく》しようとするとやはり不安《ふあん》な気持《きも》ちになった。
また相手《あいて》はためるか……。
それなら私《わたし》もためるでこのターンを終了《しゅうりょう》しよう。
これでネンドロドロゴンのクリティカル攻撃《こうげき》のゲージは三段階《だんかい》、私《わたし》は二段階《だんかい》になった。
敵《てき》のゲージが溜《た》まりきった。
このターンでネンドロドロゴンはクリティカル攻撃《こうげき》が使《つか》える状態《じょうたい》だ。

私《わたし》はクリティカル防御《ぼうぎょ》を選択《せんたく》しようとする。

やはり手《て》が震《ふる》えて、クリティカル防御《ぼうぎょ》を選《えら》んではいけないような気持《きも》ちになる。

絶対《ぜったい》に相手《あいて》はクリティカル攻撃《こうげき》をしてくるはずなのに。

ここは絶対《ぜったい》クリティカル防御《ぼうぎょ》を選《えら》ばなきゃ。

私《わたし》は靴《くつ》を脱《ぬ》ぎナイトメアを足元《あしもと》に置《お》いた。そしてクリティカル防御《ぼうぎょ》の位置《いち》を慎重《しんちょう》に確認《かくにん》。

『ま、まさか⁉』

ネンドロドロゴンも気付《きづ》いたみたい。

「……選択《せんたく》したコマンドはもう変更《へんこう》できない。音《おと》や仕草《しぐさ》でコマンドを誘導《ゆうどう》しようなんて卑怯《ひきょう》よ。ちゃんとした勝負《しょうぶ》をしましょう」

私《わたし》は目《め》をつむり、両耳《りょうみみ》を手《て》で押《お》さえ、静《しず》かに足《あし》をゲーム機《き》におろした。

そして、先《さき》ほど確認《かくにん》した「クリティカル防御《ぼうぎょ》」の位置《いち》を思《おも》い出《だ》しつつ……えいっ！

私《わたし》は思《おも》い切《き》って、足《あし》でゲーム機《き》のボタンを選《えら》んだ。

カチッ。

恐《おそ》る恐《おそ》る私《わたし》は目《め》を開《あ》け、ゲーム機《き》を拾《ひろ》い上《あ》げる。

スクリーンには、私《わたし》が敵《てき》のクリティカル攻撃《こうげき》を防《ふせ》いだと表示《ひょうじ》されていた。

やった！　と私《わたし》が声《こえ》を発《はっ》する前《まえ》に、

「す、すごいよ！　舞《まい》さん、敵《てき》の作戦《さくせん》を見破《みやぶ》っちゃうなんて!!　さすがだよ!!　僕《ぼく》は信《しん》じてたよ！」

興奮《こうふん》した朝霧《あさぎ》さんが観客席《かんきゃくせき》でこれでもかってくらいに私《わたし》を褒《ほ》めてくれた。

「朝霧《あさぎ》、うるさいっすよ」

「ええっ、でも舞《まい》さんが本当《ほんとう》にすごいから」

「もうっ、朝霧《あさぎ》さん。まだ完全《かんぜん》に勝《か》ったわけじゃないんだから喜《よろこ》び過《す》ぎだって!!　集中《しゅうちゅう》を切《き》らしちゃダメだよ」

「ええっ!?　あ、たたたっ、確《たし》かに！　そ、そうだった。ご、ごめん……」

朝霧《あさぎ》さんは途端《とたん》に静《しず》かになった。

こんなときだけど、私《わたし》は思《おも》わずクスッと笑《え》みがこぼれた。

なんだか和《なご》むなあ。緊張《きんちょう》もいい感《かん》じにとけていく。

いけそう！　この勢《いきお》いに乗《の》らなきゃ。

次《つぎ》は私《わたし》の攻撃《こうげき》ターン。

どのコマンドを選《えら》ぼうとしてももう不安《ふあん》は感《かん》じなかった。

私《わたし》は敵《てき》に目《め》を向《む》ける。

私《わたし》が攻撃《こうげき》を選《えら》んでくるのを警戒《けいかい》しているのか、考《かんが》えこんでいるみたい。

ここはためるにしてクリティカル攻撃《こうげき》を出《だ》せるようにしよう。

ネンドロドロゴンをもっと焦《あせ》らせてやる。

コマンドを決定《けってい》し、スクリーンを見上《みあ》げる。

私《わたし》はためる、敵《てき》はジャンプを選択《せんたく》していた。

『う、うぬぬ……』

これで今度《こんど》は私《わたし》のクリティカルゲージが溜《た》まりきった。

そして次《つぎ》は私《わたし》の防御《ぼうぎょ》ターン。

さて、どうしよう？

今《いま》からためるをしてもゲージが溜《た》まるまでネンドロドロゴンは時間《じかん》がかかる。

だからおそらく攻撃《こうげき》してくるはず。

体力《たいりょく》の温存《おんぞん》を狙《ねら》う意味《いみ》で回避行動《かいひこうどう》をしよう。

カウンターだと六十六パーセントくらいの確率《かくりつ》（失敗《しっぱい》＋相討《あいう》ちの確率《かくりつ》）で自分《じぶん》がダメージを食《く》らう。

なら二分《ぶん》の一の確率《かくりつ》のジャンプかしゃがむで回避行動《かいひこうどう》をした方《ほう》がいいかも……。

私《わたし》はしゃがむを選択《せんたく》。

結果《けっか》は……。

相手《あいて》は下段攻撃《げだんこうげき》、私《わたし》はしゃがむだった。

ううっ。予想《よそう》が外《はず》れちゃった。

こ、こういうこともあるよね……。

スクリーン上《じょう》の私《わたし》のアバターはネンドロドロゴンの回《まわ》し蹴《げ》りを食《く》らってばたりと倒《たお》れ込《こ》む。

しばらくして起《お》き上《あ》がり体勢《たいせい》を立《た》て直《なお》した。

これで私《わたし》の体力《たいりょく》は2。

相手《あいて》の体力《たいりょく》は3となる。

『ふふふ、どうだ！　参《まい》ったか！』

イカサマがばれたので、ネンドロドロゴン本来《ほんらい》の喋《しゃべ》り方《かた》に戻《もど》ったみたい。

ネンドロドロゴンは得意《とくい》げにお腹《なか》をボコボコと叩《たた》いている。

——なんだかゴリラみたいだ。

そして次《つぎ》のターン。

私《わたし》の攻撃《こうげき》だけど……クリティカル攻撃《こうげき》にするか攻撃《こうげき》にするか？

うーん。

パンパパパンッ!!

え？

ここでまたネンドロドロゴンが手《て》を叩《たた》いて踊《おど》りだした。

なにしているの？　もうイカサマは私《わたし》が見破《みやぶ》ったのに。

私《わたし》はネンドロドロゴンの予想外《よそうがい》の行動《こうどう》に戸惑《とまど》った。

試《ため》しに上段攻撃《じょうだんこうげき》のコマンドに指《ゆび》を近《ちか》づけてみる。

嫌《いや》な予感《よかん》、それに手《て》がカクカクッと震《ふる》えた。

えっ？　これって……ネンドロドロゴンは私《わたし》にクリティカル攻撃《こうげき》をさせようとしている？

ってことは相手《あいて》が選択《せんたく》したのはクリティカル防御《ぼうぎょ》？

でも、こんなバカなことをするわけがない。

これは、ネンドロドロゴンが私《わたし》を罠《わな》にはめようとしているんだ。

よく考《かんが》えなきゃ。

もし敵《てき》が本当《ほんとう》にクリティカル防御《ぼうぎょ》を選《えら》んでいたら私《わたし》は攻撃《こうげき》を選《えら》ぶべきだ。

反対《はんたい》に別《べつ》のコマンドならクリティカル攻撃《こうげき》をした方《ほう》がいい。

あぁ、どうしよう！

ネンドロドロゴンは裏《うら》をかいたのか。

それとも裏《うら》の裏《うら》をかいたのか。

『おい、早《はや》くしろ。待《ま》ちくたびれたぞ』

「……ち、ちょっと待《ま》ってくれたっていいじゃない」

『さっさとしろ！』

ネンドロドロゴンは体《からだ》をブョンブョンと膨《ふく》らませ、飛《と》び上《あ》がって怒《おこ》りまくる。

——と、その時《とき》だ。

コロロンッとネンドロドロゴンの体内《たいない》から、コマンド決定《けってい》のための装置《そうち》が転《ころ》がってきた。

それは私《わたし》の足先《あしさき》にコツンと当《あ》たり止《と》まった。

画面《がめん》には【クリティカル防御《ぼうぎょ》を選択《せんたく》しました】と表示《ひょうじ》されている。

——!!

『う、うわあああああっ!! し、しまった! 見、見《み》るな——ッッ!!』

ものすごい勢《いきお》いで椅子《いす》から飛《と》び降《お》りたネンドロドロゴンは、すぐにその装置《そうち》を体内《たいない》にしまいこんだ。

そしてそそくさと自分《じぶん》の椅子《いす》に戻《もど》っていく。

「……クリティカル防御《ぼうぎょ》?」

『み、見《み》たなあっ! うう、くそお!!!』

……怪《あや》しい。

本気《ほんき》で怒《おこ》っているようには感《かん》じられない。

それに一瞬《いっしゅん》だけど口元《くちもと》が緩《ゆる》んでいたような……。

もしかしてこれが狙《ねら》いなんじゃないだろうか?

装置《そうち》を体《からだ》に取《と》り込《こ》んだのは、単《たん》に決定《けってい》コマンドを分《わ》からせないためだけじゃなく、のちに私《わたし》のコマンドを誘導《ゆうどう》するためなんじゃ。

つまりネンドロドロゴンは、あらかじめニセモノを体内《たいない》に持《も》っている可能性《かのうせい》がある。

私《わたし》はニヤッと笑《え》みを浮《う》かべる。

「ごめんなさいね、後味《あとあじ》の悪《わる》くてラッキーな勝《か》ち方《かた》をしちゃうことになるけど」

そう言《い》って私《わたし》は敵《てき》にコマンドを見《み》られないように決定《けってい》させた。

その瞬間《しゅんかん》、ネンドロドロゴンは大声《おおごえ》をあげて笑《わら》う。

『わははははっ!! バーカ、騙《だま》されたな! 今《いま》のはダミーの機械《きかい》だ!』

そう言《い》って得意《とくい》げに機械《きかい》を体内《たいない》から二台《にだい》出《だ》して見《み》せるネンドロドロゴン。

「うん、やっぱり私《わたし》の思《おも》った通《とお》りだったわ」

『――え?』

ネンドロドロゴンは一瞬《いっしゅん》にして青《あお》ざめていく。

「本当《ほんとう》にラッキーだったわ。ニセモノをわざと転《ころ》がしてきたっていう予想《よそう》が当《あ》たったんだから」

『な、なにい!?』

びっくりした表情《ひょうじょう》でスクリーンを見上《みあ》げるネンドロドロゴン。

そこにはクリティカル攻撃《こうげき》で派手《はで》に吹《ふ》っ飛《と》び、動《うご》かなくなったネンドロドロゴンのミニアバターが映《うつ》っていた。

『う、うそだ！　なんでだ!!　こんなのおかしいだろっっ』

そんなことを言《い》いながらネンドロドロゴンは消滅《しょうめつ》した。

いやいや、おかしいのはセコイ手《て》を使《つか》って勝《か》とうとするあなたの方《ほう》でしょ。

ふー。

でも魔《ま》の領域《りょういき》の敵《てき》との頭脳戦《ずのうせん》は本当《ほんとう》に頭《あたま》を使《つか》うなあ。

普通《ふつう》に何《なに》も考《かん》えずに戦《たたか》っていたら勝《か》てなかったかもしれない。

そう思《おも》うと、サイトがいかに悪質《あくしつ》なマップを作《つく》り出《だ》したのか、それが改《あらた》めてよく分《わ》かった。

11 先《さき》回《まわ》りの翼《つばさ》君《くん》

戦闘《せんとう》が無事終了《ぶじしゅうりょう》し、私《わたし》は経験値《けいけんち》とCP、それにネンドロドロゴンが奪《うば》っていた代償《だいしょう》を手《て》に入《い》れることができた。

「舞《まい》さん、おめでとう！　無事《ぶじ》で良《よ》かった」

朝霧《あさぎ》さんの声《こえ》に笑顔《えがお》で振《ふ》り返《かえ》る。

朝霧《あさぎ》さんは笑顔《えがお》。

他《ほか》のみんなだって笑顔《えがお》。

……なのに杉浦《すぎうら》さんだけは表情《ひょうじょう》が変《か》わっていない。まあ、心《こころ》の中《なか》で笑顔《えがお》になっていると思《おも》っておこう……。

「とりあえずここにずっといても仕方《しかた》がない。帰《かえ》るぞ」

「はい、分《わ》かりました」

頭脳戦《ずのうせん》を終了《しゅうりょう》させ、私《わたし》たちは外《そと》に出《で》た。

「あー、やっぱ舞《まい》ちゃんはすごいなあ！　色々《いろいろ》と考《かんが》えてるんだもん。あたしなら適当《てきとう》にやっちゃうから頭脳戦《ずのうせん》なんて絶対無理《ぜったいむり》！」

「ぼ、僕《ぼく》も……。頭脳戦《ずのうせん》って対戦相手《たいせんあいて》と会話《かいわ》しなきゃだからちょっと怖《こわ》いし」

「八城《やしろ》さん、代償《だいしょう》は全《すべ》て返《かえ》すんですか？」

「はい、そのつもりです」

増田《ますだ》さんに尋《たず》ねられたので、私《わたし》は忘《わす》れないうちに作業《さぎょう》しておこうと思《おも》いナイトメアを手《て》に取《と》る。

朝霧《あさぎ》さんの顔《かお》をチラッと確認《かくにん》。

「舞《まい》さん、いいよ。全部返《ぜんぶかえ》してあげて。……山形君《やまがたくん》にもね」

「分《わ》かりました」

この代償《だいしょう》を渡《わた》してあげる代《か》わりに、もう自分《じぶん》に関《かか》わらないでと言《い》えるはずなのに。

朝霧《あさぎ》さんはそれをしない。

朝霧《あさぎ》さんは本当《ほんとう》の意味《いみ》で決意《けつい》をした。

僕《ぼく》は変《か》わる、強《つよ》くなるって言《い》っていた意味《いみ》はこういうことだったんだ。

「この代償《だいしょう》で山形《やまがた》さんと取《と》り引《ひ》きもできると思《おも》います。でもそれを考《かんが》えないって朝霧《あさぎ》さんって強《つよ》いですよね」

「えっ！　そ、そうかな？　ありがとう、舞《まい》さん。……僕《ぼく》ね、心《こころ》の強《つよ》さっていうのは見《み》る人《ひと》によって変《か》わると思《おも》うんだ。ほら、僕《ぼく》の今《いま》の行動《こうどう》。見方《みかた》によっては意気地《いくじ》なしと思《おも》われることもあるでしょ？」

確《たし》かにそうかもしれない。

バシッと言《い》い返《かえ》すのが強《つよ》いって思《おも》う人《ひと》もいるだろうから。

「舞《まい》さん、僕《ぼく》はさ、これからは自分《じぶん》を嫌《きら》いにならない生《い》き方《かた》をしていこうと思《おも》うんだ。……その、中学《ちゅうがく》生時代《せいじだい》は自分《じぶん》の事《こと》がすごくみじめに思《おも》えて……なんで生《い》きてるんだろうって思《おも》うぐらい好《す》きになれなかったから」

朝霧《あさぎ》さんの話《はなし》を聞《き》いて、共感《きょうかん》できる部分《ぶぶん》があったのか金田《かねだ》さんは悲《かな》しそうな顔《かお》をしていた。

「おい、とりあえずそんなクソな考《かんが》えは俺《おれ》がぶっ潰《つぶ》してやっから。まあ、心配《しんぱい》すんな」

「おっ、杉浦《すぎうら》さん男前《おとこまえ》っすね～。まさか男前《おとこまえ》ポイント稼《かせ》ぎ中《ちゅう》っすか？」

杉浦《すぎうら》さんの機嫌《きげん》が一気《いっき》に悪《わる》くなる。

「は？　何言《なにい》ってやがるんだ。俺《おれ》の管理《かんり》する部活内《ぶかつない》でバカな奴《やつ》がのさばらないようにするのはリーダーの当然《とうぜん》の役目《やくめ》だろうが！」

さらりと言《い》ってのける杉浦《すぎうら》さん。

その当然《とうぜん》をこなすのも難《むずか》しいと思《おも》う。それが自然《しぜん》にできちゃう杉浦《すぎうら》さんってやっぱりすごい。

いつかはお父《とう》さんの会社《かいしゃ》を継《つ》ぐんだよね、きっと。

その会社《かいしゃ》に私《わたし》たちみんなで入社《にゅうしゃ》できればいいなあ。

頑張《がんば》った分《ぶん》はちゃんと評価《ひょうか》してくれそうだしね。

――でも、杉浦《すぎうら》さんは身内《みうち》だからと言《い》って甘《あま》やかしてはくれないだろうけど。

こりゃ今《いま》から頑張《がんば》らないと駄目《だめ》そうだぞ。

――っと、早《はや》く代償《だいしょう》を持《も》ち主《ぬし》に返《かえ》してあげなきゃ！

早速《さっそく》メールを作成《さくせい》。

よし、できた！　送信《そうしん》。

しばらくたつとお礼《れい》のメールが数件入《すうけんはい》ってきた。

知《し》らない人《ひと》が数名《すうめい》とそれに山形雪子《やまがたゆきこ》さんからだ。

みんなありがとうっていう感謝《かんしゃ》の内容《ないよう》だった。

最後《さいご》に雪子《ゆきこ》さんからのメールを開《ひら》く。


【FROM：山形《やまがた》　雪子《ゆきこ》】

【TO：八城《やしろ》　舞《まい》】

こんばんは、はじめまして！

八城《やしろ》さんってイベント攻略《こうりゃく》の代表者《だいひょうしゃ》さんですよね？

私《わたし》の代償《だいしょう》を取《と》り戻《もど》してくれてありがとうです。

お兄《にい》ちゃんにもお礼《れい》のメールを送《おく》るように言《い》ったんですが言《い》うことを聞《き》いてくれなくて。

本当《ほんとう》に困《こま》ったお兄《にい》ちゃんです。

でも「あいつらすげえじゃん」とお兄《にい》ちゃんがボソッと呟《つぶや》いてるのを聞《き》いちゃいました（笑《わらい》）

お兄《にい》ちゃんの代《か》わりにお礼《れい》を言《い》わせてください。

本当《ほんとう》に感謝《かんしゃ》しています！

イベントも頑張《がんば》ってください。 END

「妹《いもうと》さんの方《ほう》がしっかりしてるっすね」

「確《たし》かに。でも山形君《やまがたくん》も感謝《かんしゃ》してくれているみたいだね」

「ですね。取《と》り戻《もど》せてよかったです」

こうして誰《だれ》かの助《たす》けになれるってこと、なんだか嬉《うれ》しいなあ！

「よし！　次《つぎ》はイベントの参加券《さんかけん》の切《き》れ端集《はしあつ》めを頑張《がんば》るぞ」

「「「はい！」」」

私《わたし》たちは元気《げんき》良《よ》く返事《へんじ》した。

と、ここで一斉《いっせい》に私《わたし》たちのナイトメアが点滅《てんめつ》した。

え？

メールだ。

しかもナイトメアから。

【FROM：ナイトメア】
【TO：八城《やしろ》　舞《まい》】
（お知《し》らせ）
※全《ぜん》プレイヤー一斉送信《いっせいそうしん》メール
海津翼様《かいつつばささま》がイベント参加券《さんかけん》の切《き》れ端《はし》を五十枚収集完了《まいしゅうしゅうかんりょう》いたしました。

よってこれより新《しん》マップにてイベント参加券《さんかけん》の切《き》れ端入手《はしにゅうしゅ》はできなくなります。　END

――！


なんともう、イベント参加券《さんかけん》の切《き》れ端《はし》五十枚収集《まいしゅうしゅう》の達成者《たっせいしゃ》が出《で》たんだ。

しかもその達成者《たっせいしゃ》はあの翼君《つばさくん》。

「チッ、またあいつかよ……」

そのとき、翼君《つばさくん》から通信《つうしん》メールが届《とど》いた。

【FROM：海津《かいつ》　翼《つばさ》】

【TO：八城《やしろ》　舞《まい》】

知《し》ってると思《おも》うけどさ。

俺《おれ》、もうイベント参加券《さんかけん》の切《き》れ端《はし》五十枚集《まいあつ》めたから。

死霊《しりょう》の間《ま》とか恐《おそ》ろしの地下迷路《ちかめいろ》とか、名前《なまえ》でプレイヤーを怖《こわ》がらせるような新《しん》マップがいっぱい増《ふ》えてたけどさ、正直《しょうじき》、楽勝《らくしょう》だったよ。

ま、授業《じゅぎょう》よりは楽《たの》しいけどね。

それにさ、悪霊《あくりょう》マンとかびっくりボックスマンとか呪《のろ》いの樹木《じゅもく》とか間抜《まぬ》けな敵《てき》ばっかだったよ。

あっ、おっさんはいちいちびっくりしてたけどね！

それに最後《さいご》の一枚《まい》の入手《にゅうしゅ》マップでスリーセブンマンとかいう気持《きも》ちの悪《わる》い敵《てき》が出《で》てきてマジ最悪《さいあく》だったよ。

投《な》げキッスとか気色《きしょく》の悪《わる》い踊《おど》りしてきたから速攻倒《そっこうたお》したけどさ（笑《わらい》）

ス、スリーセブンマン……今回《こんかい》も出《で》てきたんだ。

ほんとしつこいよね。というか倒《たお》されちゃってる！　７７７回《かい》も復活《ふっかつ》できるから平気《へいき》と前《まえ》は言《い》ってたけど……。

で、こっからが本題《ほんだい》ね。

今回《こんかい》の参加人数《さんかにんずう》は四人《にん》。

俺《おれ》は参加《さんか》させてもらうよ。

言《い》っとくけど譲《ゆず》らないからね！

八城《やしろ》さんと朝霧《あさぎ》さんは確定《かくてい》だから、枠《わく》はあとひとつだね。それは譲《ゆず》ってあげるんだから、ありがたく思《おも》ってよ！

行《い》く日《ひ》が決《き》まったら連絡《れんらく》くれればいいから。

じゃ、そういうことで。　END

「舞《まい》さん、翼君《つばさくん》はなんて？」

ゲーム機《き》を手《て》に朝霧《あさぎ》さんが話《はな》しかけてきた。

「やっぱり譲《ゆず》ってくれないみたいです。一応《いちおう》、枠《わく》は四人《にん》みたいなんですが……」

「そっか。でも翼君《つばさくん》、本当《ほんとう》に集《あつ》めるの早《はや》いよね」

「ですよね」

もしかしたら田中《たなか》さんと手分《てわ》けして二人《ふたり》で集《あつ》めたのかもしれない。

この切《き》れ端《はし》は譲渡可能《じょうとかのう》アイテムみたいだし。

私《わたし》たちは杉浦《すぎうら》さんと太一《たいち》さんにも事情《じじょう》を説明《せつめい》した。

「チッ、面倒《めんどう》なことになったな」

「翼君《つばさくん》はメンバーに入《い》れないと駄目《だめ》っぽいですよね」

「ああ、確《たし》かにな。四人《にん》となると……」

杉浦《すぎうら》さんは隣《となり》にいる太一《たいち》さんの顔《かお》をじろりと見《み》た。

「うっ……。分《わ》かってるっすよ。僕《ぼく》はお留守番《るすばん》っすよね……」

「ああ、そういうことになるな」

「うう。あ、でも翼君《つばさくん》、田中《たなか》さんもメンバーに入《い》れようとはしないんっすかね？　そうなったら杉浦《すぎうら》さんもお留守番《るすばん》になるっすよ？」

杉浦《すぎうら》さんはカチカチとナイトメアをいじりだす。

何《なに》をしているんだろう？

しばらくし、杉浦《すぎうら》さんは顔《かお》をあげた。

「先手《せんて》をうった。今《いま》、田中《たなか》さんに牛丼《ぎゅうどん》を奢《おご》ってやるからイベント参加《さんか》は辞退《じたい》してくれないかとメールを送《おく》ったら、あっさり了承《りょうしょう》してくれたぞ」

フンッと得意《とくい》げな杉浦《すぎうら》さん。

牛丼一杯《ぎゅうどんいっぱい》で釣《つ》られちゃうなんて、さ、さすが田中《たなか》さんだ。

いや、でももしかして牛丼《ぎゅうどん》のためじゃなくて、杉浦《すぎうら》さんが参加《さんか》した方《ほう》がいいって思《おも》って譲《ゆず》ってくれたのかも……？

「じゃあ参加日《さんかび》はいつにするんっすか？」

「とりあえず一週間後《いっしゅうかんご》だ。それまでに準備《じゅんび》を整《ととの》えておけ」

「「はい」」

「了解《りょうかい》っす。って、僕《ぼく》は行《い》けないっすけど……応援《おうえん》がんばるっすよ！」

12 灰《はい》のイベントへの挑戦《ちょうせん》

そして杉浦《すぎうら》さんの指定《してい》したイベント参加日《さんかび》の朝《あさ》。
今日《きょう》は日曜日《にちようび》。
翼君《つばさくん》が来《こ》られる日程《にってい》を考《かんが》え、この日《ひ》になったわけだけど——。
私《わたし》は翼君《つばさくん》から受《う》け取《と》ったイベント参加券《さんかけん》を拡大《かくだい》する。

【イベント参加券《さんかけん》・灰《はい》】
このイベントから箱《はこ》を備《そな》えられるようになります。
今《いま》まで手《て》に入《い》れた箱《はこ》を八城様《やしろさま》か朝霧様《あさぎりさま》が所持《しょじ》してご参加《さんか》ください。

メンテナンス後《ご》に入手《にゅうしゅ》できるあの箱《はこ》を全《すべ》て持《も》って来《こ》いって事《こと》だよね？
これは今《いま》までになかった展開《てんかい》だ。
少《すこ》しでもナイトメアのことが分《わ》かるかもしれないと、ちょっと怖《こわ》いけど期待《きたい》が膨《ふく》らむ。

ミーティングが終《お》わり、私《わたし》たちは翼君《つばさくん》の到着《とうちゃく》を待《ま》った。

「……ちょっと緊張《きんちょう》しますね」

私《わたし》は隣《となり》に座《すわ》っている朝霧《あさぎ》さんの顔《かお》を見《み》る。

「うん。……なんか今回《こんかい》はいつもと違《ちが》う感《かん》じがするしね」

「気《き》を付《つ》けるっすよ。何《なに》が起《お》きるか分《わ》かんないっすから……」

流石《さすが》に今回《こんかい》は太一《たいち》さんもおふざけなく私《わたし》たちを心配《しんぱい》してくれた。

「ありがとうございます。油断《ゆだん》しないように気《き》を付《つ》けます」

『おおっ！　気《き》を付《つ》けて行《い》って来《こ》いよ!!　俺様《おれさま》も応援《おうえん》してやるぜ！』

ん？　この声《こえ》って？

杉浦《すぎうら》さんのゲーム機《き》から聞《き》こえてきたような？

ゲーム機《き》を覗《のぞ》き込《こ》むと、杉浦《すぎうら》さんはタオールの部屋《へや》を見《み》ていた。

鎌《かま》をブンブンと振《ふ》り回《まわ》しているタオール。

『ヒャッホーイ！』

「おい！　うるせえぞ！　静《しず》かにしやがれ。しかもこんなに部屋《へや》を散《ち》らかしやがって!!」

タオールの部屋《へや》は紙屑《かみくず》だらけだった。

その紙《かみ》クズを杉浦《すぎうら》さんがクリックして片《かた》づけていく。

『おおっ！　ありがとうだぜ、フッ！』

「調子《ちょうし》にのんじゃねえよ。何度目《なんどめ》だと思《おも》ってる？　いいかげんに自分《じぶん》で片《かた》づけやがれ！」

『え〜〜』

ゴツン。

嫌《いや》な音《おと》がゲーム機《き》から鳴《な》る。

『ううっ、杉浦《すぎうら》さん、いきなり叩《たた》くなんて酷《ひど》いよ〜。俺様何《おれさまなに》もしてないのに……』

「フンッ、テメエが学習《がくしゅう》しねえからこうなるんだ」

ええっ⁉

杉浦《すぎうら》さん、タオールを叩《たた》いたの？

そんなコマンド選択《せんたく》できたっけ？

「あの、杉浦《すぎうら》さん。そのコマンド……」

「ああ、これか。使《つか》い魔《ま》のコマンド追加《ついか》がショップで売《う》ってたんだ。メンテナンスで追加《ついか》されたみたいだな」

「えっ、本当《ほんとう》ですか？」

私《わたし》はショップを見《み》に行《い》ってみた。

確《たし》かに【叩《たた》く】【なでる】【くすぐる】ができるコマンド追加《ついか》システムが五千円《えん》で売《う》られていた。

――というか、お金《かね》を出《だ》してまで叩《たた》くを買《か》う杉浦《すぎうら》さんって一体《いったい》……。

タオールにとっては今回《こんかい》のメンテナンスは間違《まちが》いなく最悪《さいあく》だったろうなあ。

「よーし、僕《ぼく》もザルバトスの部屋《へや》を見《み》るっすよ」

ポリポリ、カリッ！

『……ん？　太一《たいち》か』

ザルバトスはちょうどポップコーンを食《た》べている所《ところ》だった。

「ザルバトス、元気《げんき》っすか？」

『うむ。おかげで心身《しんしん》ともに絶好調《ぜっこうちょう》だ。感謝《かんしゃ》する』

ザルバトスの部屋《へや》は畳《たたみ》が敷《し》かれ、和風《わふう》な感《かん》じになっていた。

布団《ふとん》や座布団《ざぶとん》、ちゃぶ台《だい》・湯呑《ゆのみ》なんかも置《お》いてある。

「太一《たいち》さん、ザルバトスってこういう部屋《へや》が好《す》きなんですか？」

「うん、この前《まえ》湯呑《ゆのみ》あげたらすごく喜《よろこ》んでたっすから、模様替《もようが》えしてみたんっすよ」

『和風《わふう》は最高《さいこう》だ。すごく落《お》ち着《つ》く』

ザルバトスったらすごく幸《しあわ》せそう。良《よ》かったね。見《み》ているこっちまで嬉《うれ》しくなる。

そうだ。私《わたし》もアメリーの様子《ようす》を見《み》てみよう。

アメリーの部屋《へや》をクリック。

アメリーは両手《りょうて》に持《も》った飴《あめ》とにらめっこしていた。

「どうしたの？　アメリー？」

『どっちの飴《あめ》が大《おお》きいか見比《みくら》べてた。大《おお》きいのは最後《さいご》に取《と》っておく！』

う、うーん。私《わたし》には大《おお》きさの違《ちが》いが分《わ》からないんだけどな。

『もしかしてもうイベントの参加《さんか》か？』

「うん、そうなの」

『舞《まい》、困《こま》ったらいつでも私《わたし》を呼《よ》ぶ！　力《ちから》になる！』

グッと手《て》を握《にぎ》りアメリーも応援《おうえん》してくれた。

「ありがとう、アメリー」

私《わたし》はアメリーに飴《あめ》の形《かたち》をしたバッグを買《か》ってあげた。

『わあ、ありがとう！　これで飴《あめ》をたくさん持《も》って行《い》ける！』

アメリーはすごく嬉《うれ》しそうだ。

ここで翼君《つばさくん》が部室《ぶしつ》に入《はい》ってきた。

もちろん田中《たなか》さん、宮沢《みやざわ》さん、滝本《たきもと》さん、内藤《ないとう》さんのお馴染《なじ》みメンバーも一緒《いっしょ》だ。

「翼《つばさ》、絶対《ぜったい》に無理《むり》はするんじゃないぞ！　杉浦《すぎうら》さん達《たち》の言《い》うことをしっかり聞《き》くんだぞ」

「おっさん、うざいな、もうっ！　子《こ》ども扱《あつか》いしないでよね」

「ううう。せっかく心配《しんぱい》してやってるのに」

「まあ分《わ》かってるって。絶対《ぜったい》クリアしてみせるからさ」

翼君達《つばさくんたち》がこちらに歩《ある》いてくる。

「おはよ、もう行《い》くの？」

「ああ、お前《まえ》がきたから、これから出発《しゅっぱつ》だ」

「ふーん」

翼君《つばさくん》は空《あ》いている席《せき》に腰《こし》かける。

「翼《つばさ》、絶対帰《ぜったいかえ》ってきてね」

「分《わ》かってるって」

「油断《ゆだん》はするなよ」

「了解《りょうかい》」

「僕《ぼく》ちんも応援《おうえん》してるからな」

「はいはい」

宮沢《みやざわ》さん、滝本《たきもと》さん、内藤《ないとう》さんも翼君《つばさくん》に見送《みおく》りの言葉《ことば》をかけている。

翼君《つばさくん》はちょっとうんざりしてるみたいだけど。

「舞《まい》ちゃん！　もう行《い》くの？」

集《あつ》まった人《ひと》だかりを見《み》て尚美《なおみ》ちゃんと陽子《ようこ》さんがやってきた。

「うん、そろそろ出発《しゅっぱつ》だと思《おも》う」

「そうなんだ。今回《こんかい》もここで応援《おうえん》してるから。だから頑張《がんば》ってね！」

「あたしも！　てか、また人数《にんずう》が足《た》りない時《とき》があればあたしも連《つ》れてってね！　一緒《いっしょ》に戦《たたか》うよ！　ちなみに今回《こんかい》は百三十五億《おく》溜《た》まってるから四回《かい》コンティニューできるよ」

「うん、いつもありがとう。頑張《がんば》ってくるね」

ふと周囲《しゅうい》を見《み》ると、いろんな人《ひと》たちが集《あつ》まってきていた。

太一《たいち》さんの所《ところ》には与一《よいち》さんと平田《ひらた》さんがいる。

「もうっ、今回僕《こんかいぼく》はお留守番《るすばん》っすからね」

「あ！　そうだっけ？」

「……度忘《どわす》れしてた……だって」

朝霧《あさぎ》さんには金田《かねだ》さんと増田《ますだ》さんが応援《おうえん》の言葉《ことば》をかけていた。

「あ、朝霧《あさぎ》さん、頑張《がんば》ってきてね」

「信《しん》じて良《よ》い報告《ほうこく》を待《ま》っています」

「うん、ありがとう。全力《ぜんりょく》を尽《つ》くしてくるよ！」

杉浦《すぎうら》さんの所《ところ》にはなぜか蛸島《たこじま》さんと赤石《あかいし》さんがいる。

なんで？　変《へん》な組《く》み合《あ》わせの気《き》がするんだけど。

「ボス！　頑張《がんば》ってきてください！」

「えっ……おい、蛸島《たこじま》、何言《なにい》ってんの？」

「おい！　赤石《あかいし》。お前《まえ》もボスのお見送《みおく》りしろよ」

「え……ええ⁉」

「おい、どうでもいいがボスはやめろ……」

恥《は》ずかしいのかさすがの杉浦《すぎうら》さんも顔《かお》がほんのり赤《あか》い。

「ええ⁉　じゃあ杉浦番長《すぎうらばんちょう》、頑張《がんば》ってください‼」

「やめろ‼‼　誰《だれ》が番長《ばんちょう》だ」

あらら。あの食堂《しょくどう》での一件《いっけん》で蛸島《たこじま》さんに懐《なつ》かれたみたい。

「ぷっ、ぷぷぷ、杉浦番長《すぎうらばんちょう》っすか！」

「た、太一《たいち》さんっ！」

うわあ、杉浦《すぎうら》さんがこっちを睨《にら》んでるよ。

ど、どうしよう。

「ねえ、てか早《はや》く行《い》こうよ。もう準備《じゅんび》できてるんでしょ？」

痺《しび》れを切《き》らしたかのように、翼君《つばさくん》がそう言《い》い放《はな》つ。

「あ、確《たし》かに。そろそろ出発《しゅっぱつ》しましょうか。ねえ、朝霧《あさぎ》さん？」

「うん、そうだね。僕《ぼく》も準備《じゅんび》できてるよ」

私《わたし》たちは杉浦《すぎうら》さんに目《め》を向《む》ける。

「……行《い》くか」

若干納得《じゃっかんなっとく》してなさそうな杉浦《すぎうら》さん。

太一《たいち》さんを睨《にら》み付《つ》けながら、ナイトメアを手《て》に取《と》る。

私《わたし》たちも早速《さっそく》ナイトメアを操作《そうさ》し、イベント参加券《さんかけん》に参加者《さんかしゃ》の名前《なまえ》を入《い》れ決定《けってい》した。

いつものようにイヤホンをゲーム機《き》より取《と》り出《だ》し装着《そうちゃく》した。

※ゲームを開始《かいし》します。
【只今《ただいま》より棄権《きけん》はできません】
※なお、外部者《がいぶしゃ》【ゲーム不参加者《ふさんかしゃ》】が途中《とちゅう》で【参加者《さんかしゃ》】のイヤホンを外《はず》したり、ゲームの妨害《ぼうがい》になるような行為《こうい》を働《はたら》いた場合《ばあい》、参加者《さんかしゃ》は無条件《むじょうけん》でゲームオーバーとなり、復活代償《ふっかつだいしょう》を失《うしな》います。
ご注意《ちゅうい》ください。

イヤホンから耳障《みみざわ》りなノイズ音《おん》が聞《き》こえてくる。

毎度《まいど》のことだけど嫌《いや》な音《おと》だ。

そうしているうちに私《わたし》の意識《いしき》はだんだんと遠《とお》くなっていく。


……ん？　ここは？

意識《いしき》が戻《もど》った私《わたし》は起《お》き上《あ》がる。

そして周囲《しゅうい》をキョロキョロ。

なんだろう、ここ……。すごく大《おお》きな部屋《へや》だ。

それに床《ゆか》にはなんだかとってもカラフルなチューブがあちこちに張《は》り巡《めぐ》らされているけど……。

あ！　朝霧《あさぎ》さん達《たち》が少《すこ》し離《はな》れた場所《ばしょ》に倒《たお》れている。

行《い》ってみよう。

私《わたし》は倒《たお》れているみんなの元《もと》に駆《か》け寄《よ》り、まず朝霧《あさぎ》さんの肩《かた》を揺《ゆ》らした。

「朝霧《あさぎ》さん、起《お》きてください」

「……ん。あ……舞《まい》さん？」

「大丈夫《だいじょうぶ》ですか？」

「うん。僕《ぼく》は平気《へいき》だよ。もうイベントの中《なか》だよね？」

「そうだと思《おも》うんですけど……」

そのとき、杉浦《すぎうら》さんと翼君《つばさくん》も目《め》を覚《さ》ました。

「今回《こんかい》はここがスタート地点《ちてん》か？」

「みたいだね。ふーん、みんな一緒《いっしょ》か」

翼君《つばさくん》は早速《さっそく》動《うご》き回《まわ》り、あちこちを調《しら》べまくっている。

行動力《こうどうりょく》あるなあ。

なんて感心《かんしん》していたら――。

部屋《へや》の奥《おく》から怪《あや》しいロボットがウィーンと音《おと》を立《た》てながらこちらにやって来《く》るではないか。

「な、なんだ!?」

「舞《まい》さん、僕《ぼく》の後《うし》ろに隠《かく》れて！　敵《てき》かもしれない」

朝霧《あさぎ》さんがさっと前《まえ》に出《で》て私《わたし》を庇《かば》ってくれた。

私《わたし》たちが警戒《けいかい》していると、それは私《わたし》たちの三メートルくらい手前《てまえ》で停止《ていし》する。

『灰《はい》のイベントへようこそ。あなた方《がた》がこんなにも私《わたし》のゲームをクリアするとは思《おも》っていませんでしてね。……正直《しょうじき》、少《すこ》し驚《おどろ》いているんですよ』

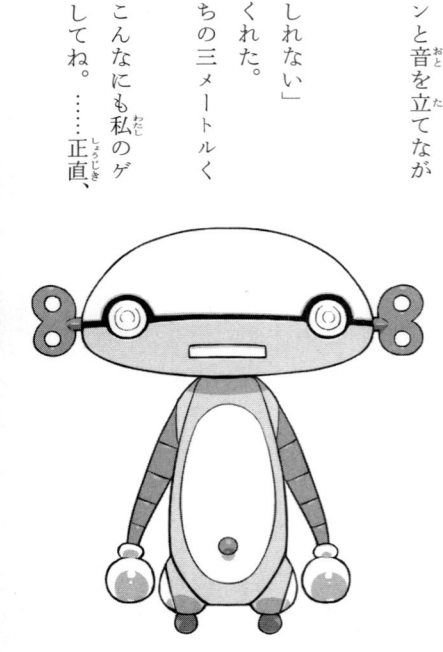

この声《こえ》は……神沢《かみさわ》!?

「えっ、どういうこと？　このロボットが神沢《かみさわ》の正体《しょうたい》？」

背丈《せたけ》は私《わたし》たちの半分《はんぶん》くらいで、適当《てきとう》に作《つく》られた感《かん》が半端《はんぱ》ないお手軽《てがる》ロボット。

手足《てあし》だって丸《まる》の形《かたち》だ。

まさか——いや、違《ちが》うよね。

こんなのが神沢《かみさわ》なわけがない。

「ふざけないでよね。……こんなロボットじゃなくて普通《ふつう》に出《で》てきたら？　それとも人《ひと》に見《み》せられないような姿《すがた》でもしてんの？　最高管理者《さいこうかんりしゃ》とやらの胡散臭《うさんくさ》いおっさん」

「ちょ、ちょっと、翼君《つばさくん》!!」

いくら敵《てき》とはいえ、そんな挑発《ちょうはつ》しちゃって、怒《おこ》らせてとりかえしのつかないことにでもなったらどうするの!?

私《わたし》がハラハラしていると——。

『私《わたし》の姿《すがた》が見《み》たいのならこの先《さき》も生《い》き残《のこ》り続《つづ》ければいいだけのことです。時《とき》が来《く》ればあなた達《たち》の前《まえ》に現《あらわ》れることになるでしょうから』

——！

いずれは神沢《かみさわ》の顔《かお》が見《み》られるってこと？

「そうか。じゃあ約束《やくそく》してやる。俺達《おれたち》は絶対《ぜったい》そこまでたどり着《つ》くとな」

『……そんなに簡単《かんたん》にはいきませんよ。あなた方《がた》には最後《さいご》までたどり着《つ》かれては困《こま》りますから。……最《さい》終的《しゅうてき》に勝《か》つのは私《わたし》です』

ふふっと神沢《かみさわ》の声《こえ》は不気味《ぶきみ》に笑《わら》う。

やっぱり嫌《いや》な人《ひと》だ。

「あの、そろそろ教《おし》えてくれないかな？　何《なん》のためにあなたは僕達《ぼくたち》をゲームに巻《ま》き込《こ》むんですか？」

朝霧《あさぎ》さんも尋《たず》ねる。

『……』

神沢《かみさわ》は意味深《いみしん》にしばらく間《ま》をあけた。

なんだろう？

『……ただの娯楽《ごらく》ですよ。あなた達《たち》の恐怖《きょうふ》にひきつる顔《かお》が見《み》たいだけです』

「なるほどね。やっぱり目的《もくてき》は言《い》えないってわけか」

翼君《つばさくん》はそう解釈《かいしゃく》したみたい。

私《わたし》も杉浦《すぎうら》さんもその翼君《つばさくん》の言葉《ことば》にうなずいていた。なにかまだ隠《かく》しているに違《ちが》いない。

『あなた達《たち》に言《い》っても理解《りかい》できないでしょうから。時間《じかん》の無駄《むだ》です』

目的《もくてき》を喋《しゃべ》る気《き》がないのなら、この部屋《へや》の事《こと》を聞《き》いてみよう。

「あの、ところでこの部屋《へや》はなんなんですか？　灰《はい》のイベントのスタート地点《ちてん》？」

『いいえ、ここはまだ違《ちが》います。……とりあえず案内《あんない》しますのでついてきてください』

神沢《かみさわ》ロボットはくるりと反転《はんてん》し、来《き》た道《みち》を戻《もど》りだした。

「ついて行《い》ってみるか。それ以外《いがい》にできることもなさそうだしな」

杉浦《すぎうら》さんに続《つづ》いて、私《わたし》たちは神沢《かみさわ》ロボットの後《あと》を追《お》いかける。

しかし同《おな》じような景色《けしき》ばかりだなあ。

カラフルなチューブが足元《あしもと》に沢山《たくさん》あるから歩《ある》きにくいし。

「うわっ!?」

ここでキョロキョロしていた朝霧《あさぎ》さんがつまずいて転《ころ》んでしまった。

「なにやってんのさ、朝霧《あさぎ》さん……」

「うっ、ま、舞《まい》さん……今《いま》の見《み》てた？」

すみません、朝霧《あさぎ》さん。バッチリ見《み》てました。

「ご、ごめんなさい、見《み》ちゃいました」

「ううう……ごめんね、みっともない所《ところ》ばっかり見《み》せて」

はあっと大《おお》きくため息《いき》をつく朝霧《あさぎ》さん。

「あのさ、そんなくだらないことよりさ。早《はや》く歩《ある》いてよね。ほら、さっさとしないと見失《みうしな》っちゃうよ」

翼君《つばさくん》に言《い》われ前《まえ》をみる。

あっ！　神沢《かみさわ》ロボットがもうずいぶんと向《む》こうの方《ほう》に。

杉浦《すぎうら》さんは私《わたし》たちを気《き》にする様子《ようす》もなくその後《あと》をスタスタと歩《ある》いている。

と言《い》うより、私《わたし》たちが遅《おく》れていることに気付《きづ》いてない？

「杉浦《すぎうら》さん、待《ま》ってください！」

「――ん？」

杉浦《すぎうら》さんは振《ふ》りかえり立《た》ち止《ど》まる。

「なんだ、テメエらまだそんな場所《ばしょ》にいやがったのか。ほら、さっさと走《はし》って来《こ》い」

杉浦《すぎうら》さんは神沢《かみさわ》ロボットを足《あし》で何度《なんど》も蹴飛《けと》ばし、進《すす》むのを妨害《ぼうがい》して待《ま》ってくれていた。

……物《もの》すごく乱暴《らんぼう》だよね。

いや、うーん。まあ、ありがたいからいっか！

杉浦《すぎうら》さんに追《お》いつき、神沢《かみさわ》ロボットの案内《あんない》に従《したが》いついていくと、私《わたし》たちは大《おお》きな液晶画面《えきしょうがめん》の前《まえ》にたどり着《つ》いた。

『画面《がめん》の指示通《しじどお》りにお願《ねが》いします。終《お》わりましたら画面後《がめんうし》ろの魔法陣《まほうじん》に入《はい》ってください。イベント会場《かいじょう》に行《い》けます』

私《わたし》たちは画面《がめん》に目《め》を向《む》ける。

【イベントクリアの箱《はこ》を所有《しょゆう》する者《もの》・ナイトメアをこちらに向《む》けよ】

「朝霧《あさぎ》さん」

「うん、分《わ》かった。やってみようか」

私《わたし》たちは同時《どうじ》にナイトメアを画面《がめん》に向《む》ける。

すると、自動的《じどうてき》に箱《はこ》がアイテムリストから消滅《しょうめつ》し、前方《ぜんぽう》の巨大《きょだい》な画面《がめん》に移動《いどう》していった。

それと同時《どうじ》にブンッと何《なに》かが起動《きどう》するような音《おと》が室内《しつない》に響《ひび》く。

「……これだけなのか？」

「特《とく》になにもありませんよね？」

『ありがとうございます。箱《はこ》の提出《ていしゅつ》は以上《いじょう》となります。今後《こんご》はイベントに入《はい》る前《まえ》にここに来《く》るかどうか選択《せんたく》できるようになります。毎回毎回《まいかいまいかい》来《き》ても良《よ》し、溜《た》めて来《く》るのも良《よ》し。……それはお任《まか》せします』

よく分《わ》からない。この箱《はこ》の提出《ていしゅつ》に何《なん》の意味《いみ》があるの？

「おい、クソ野郎《やろう》！　肝心《かんじん》なところを説明《せつめい》しやがれ！　これは何《なん》の意味《いみ》があるんだ？」

『……それは秘密《ひみつ》です』

「チッ、またそれか」

杉浦《すぎうら》さんはイラッとした様子《ようす》で魔法陣《まほうじん》の方《ほう》に歩《ある》いていく。

「あっ、杉浦《すぎうら》さん!?」

「もういくぞ。これ以上《いじょう》ここにいても時間《じかん》の無駄《むだ》だ」

確《たし》かにそうかもしれない。

神沢《かみさわ》は秘密《ひみつ》と言《い》えば絶対《ぜったい》にどう聞《き》いても教《おし》えてくれないだろうから。

気《き》になるけど今《いま》は目《め》の前《まえ》にあることをやるしかないよね。

「じゃあ、さっさとクリアするしかないよね。とりあえず行《い》くところまで行《い》けばあんたの秘密《ひみつ》も分《わ》かるって事《こと》だろ？」

『——ええ。あなた方《がた》がそこまで来《こ》られればですが』

ふふっと神沢《かみさわ》の笑《わら》い声《ごえ》がまた聞《き》こえてきた。

本当《ほんとう》に嫌《いや》な感《かん》じだ。

「八城《やしろ》さん、俺《おれ》らでこいつの首根《くびね》っこを摑《つか》まえてやろうぜ。このイベントのクリアでその一歩《いっぽ》が近《ちか》づくと思《おも》えば、やりがいあるしさ」

翼君《つばさくん》は力強《ちからづよ》くそういった。やっぱり中学生《ちゅうがくせい》とは思《おも》えないな。

「うん、そうね。頑張《がんば》りましょう」

私《わたし》は翼君《つばさくん》の言葉《ことば》に、気合《きあ》いを改《あらた》めて入《い》れてそう答《こた》えた。

こうして私《わたし》たちは魔法陣《まほうじん》に足《あし》を踏《ふ》み入《い》れ灰《はい》のイベント会場《かいじょう》に移動《いどう》した。

13 ナイトメア製《せい》造《ぞう》工《こう》場《じょう》!?

ワープした先《さき》は建物《たてもの》の内部《ないぶ》だった。

周囲《しゅうい》には謎《なぞ》の機械《きかい》が沢山《たくさん》設置《せっち》してある。

どこかの工場《こうじょう》の中《なか》かな？

「おい、あれを見《み》ろ！」

杉浦《すぎうら》さんはガラス張《ば》りになった部屋《へや》を指《ゆび》さす。

中《なか》にはナイトメアと思《おも》われるゲーム機《き》が山積《やまづ》みにされていた。

「もしかして……。ここってナイトメアを作《つく》っている工場《こうじょう》なのか？」

「かもしれないね。でもどうして今回《こんかい》はこんなマップなんだろう？」

確《たし》かに。今回《こんかい》はいつもと趣旨《しゅし》が違《ちが》う気《き》がする。

『ふふ……。今回《こんかい》のイベントはお察《さっ》しの通《とお》りナイトメア製造工場《せいぞうこうじょう》が舞台《ぶたい》となります』

神沢《かみさわ》……！

「じゃあフロアボスは？」

『もちろんボスもいますよ。あなた達《たち》にはそのボスに捕《つか》まらないように申請《しんせい》ポイントを探《さが》し出《だ》し、ここを抜《ぬ》け出《だ》してもらいたいのです。ちなみに申請時《しんせいじ》に必要《ひつよう》な鍵《かぎ》はそこの壁《かべ》に取《と》り付《つ》けてありますよ』

えっ？　鍵《かぎ》が最初《さいしょ》から入手《にゅうしゅ》できるの？

とりあえず鍵《かぎ》を入手《にゅうしゅ》してみる。

何《なん》のトラップもなく、なんなく手《て》に入《はい》った。

何《なに》かがおかしい気《き》がする。

今回《こんかい》は逃《に》げるだけ……。

本当《ほんとう》にそれでいいの？

「なるほどな。それは理解《りかい》した。あと一つ聞《き》きたいんだが」

『……なんでしょうか？』

「ここは現実世界《げんじつせかい》のナイトメアの工場《こうじょう》なのか？」

『それはご自分《じぶん》の目《め》でお確《たし》かめください。なお、進入禁止《しんにゅうきんし》エリアに無理《むり》やり入《はい》ろうとすると即《そく》ゲームオーバーとなりますのでご注意《ちゅうい》ください』

——プツン。

ここでいつものように通信《つうしん》が一方的《いっぽうてき》に切断《せつだん》された。

「チッ。相変《あいか》わらず肝心《かんじん》なところは喋《しゃべ》りやがらねえな」

「どうしますか？」

「そうだな。とりあえず近《ちか》くの部屋《へや》に入《はい》ってみるか」

「そうですね」

一番近《いちばんちか》いのはガラス張《ば》りで、ナイトメアが大量《たいりょう》に積《つ》まれたあの部屋《へや》だけど……。

部屋《へや》のプレートには【不良品一時保管庫《ふりょうひんいちじほかんこ》】と書《か》かれている。

「よし、じゃあ入《はい》るぞ」

私《わたし》たちは部屋《へや》に足《あし》を踏《ふ》み入《い》れた。

ナイトメアが箱《はこ》に入《はい》っている。

その隣《となり》には緑色《みどりいろ》の宝石《ほうせき》のような石《いし》が入《はい》っている箱《はこ》もあった。

「この石《いし》、なんでしょうか？」

私《わたし》は一つ手《て》に取《と》ってみた。

「あれ？　舞《まい》さん、それ、中《なか》で何《なに》か動《うご》いてない？」

「本当《ほんとう》ですね。黒《くろ》いものが動《うご》いているような……」

翼君《つばさくん》も石《いし》を手《て》に取《と》り色々《いろいろ》な角度《かくど》から観察《かんさつ》している。

「ふーん。これがナイトメアの中《なか》に入《はい》ってんじゃないの？」

ええっ!?　こんな石《いし》が？

でも言《い》われてみればあり得《え》るかも。

ナイトメアって現実《げんじつ》では考《かんが》えられない処理《しょり》をできるんだもの。

それに電源《でんげん》とかいらないし。

落《お》としても壊《こわ》れたりもしない。

分《わ》かっていたけど、改《あらた》めて考《かんが》えても普通《ふつう》じゃないよね。

もしかしてこのゲーム機《き》の中《なか》に悪夢《あくむ》を見《み》せる悪魔《あくま》が宿《やど》っているのかもしれない。

「とりあえず何《なに》か武器《ぶき》になりそうなものが落《お》ちてないか探《さが》すぞ。あと、いつフロアボスと出《で》くわすか分《わ》かんねえから単独行動《たんどくこうどう》はするな。必《かなら》ず二人《ふたり》で動《うご》け。いいな？」

私《わたし》たちはコクリと頷《うなず》いた。

「舞《まい》さん、じゃあ一緒《いっしょ》に奥《おく》の方《ほう》を探《さが》さない？」

「あ、はい！」

「僕《ぼく》についてきてね」

「お前《まえ》は俺《おれ》と行動《こうどう》だ。いいな？」

杉浦《すぎうら》さんが翼君《つばさくん》に目《め》を向《む》ける。

「フンッ、別《べつ》にいいけど。おっさんみたいに足手《あしで》まといにならないでよね」

「はあ、生意気《なまいき》な野郎《やろう》だな」

「嫌《いや》なら一人《ひとり》で探《さが》すけど？」

「それは駄目《だめ》だ。ほら、行《い》くぞ」

「俺《おれ》はあっちを調《しら》べたいんだけど。あっちのがなにかありそうじゃない？」

「お、おい！　ちょっと待《ま》ちやがれ！」

なんと、杉浦《すぎうら》さんが、翼君《つばさくん》のペースにのせられちゃってる。

杉浦《すぎうら》さんって、意外《いがい》に面倒見《めんどうみ》がいいから放《ほう》っておけない感《かん》じなのかもしれない。翼君《つばさくん》は、手《て》のかかる弟《おとうと》みたいな感《かん》じかな？

ふふ。なんだか杉浦《すぎうら》さんには気《き》の毒《どく》な気《き》もするけど、いいコンビなのかもしれない。

そんなことを私《わたし》が考《かんが》えているうちに、部屋《へや》の奥《おく》まで到着《とうちゃく》。

壁《かべ》には大《おお》きくて不気味《ぶきみ》な絵《え》が貼《は》り付《つ》けてあった。

「な、なんか嫌《いや》な感《かん》じですね」

その絵《え》には真《ま》っ黒《くろ》なオオカミに似《に》た姿《すがた》の化《ば》け物《もの》が描《か》かれていた。

【悪魔《あくま》を倒《たお》すことはできない。なぜなら黒《くろ》き体《からだ》で闇《やみ》の力《ちから》を自分《じぶん》のものにしてしまうからである】

絵《え》の下《した》にはそんな文字《もじ》が彫《ほ》られていた。

この化《ば》け物《もの》は悪魔《あくま》なのか。思《おも》わずぶるっと震《ふる》えてしまった。

悪魔《あくま》は目《め》の部分《ぶぶん》だけが赤《あか》く、他《ほか》の体《からだ》の部分《ぶぶん》はほぼ真《ま》っ黒《くろ》。

「どういう意味《いみ》なんだろう、これ？」

「なんとなくですが、悪魔《あくま》は無敵《むてき》ってことじゃないでしょうか。フロアボスかもしれません。この文章《ぶんしょう》は覚《おぼ》えておいた方《ほう》が良《よ》さそうですね」

私《わたし》は念《ねん》のため、アメリーを呼《よ》び出《だ》しこの文章《ぶんしょう》をメモしてもらった。

『舞《まい》、バッチリだよ！』

「ありがとう、アメリー」

『また何《なに》かあったら呼《よ》ぶ！』

「うん、またお願《ねが》いね」

アメリーは私《わたし》を励《はげ》ますようにブンブンと手《て》を振《ふ》ってくれた。

あれ？

「朝霧《あさぎ》さん、これ、見《み》てください」

悪魔《あくま》の絵《え》の下《した》に、屈《かが》めば何《なん》とか入《はい》れそうな赤《あか》い扉《とびら》が一つだけついていた。

「こんなところに扉《とびら》？　この先《さき》にまた部屋《へや》があるのかなぁ？　それにしても、入《い》り口《ぐち》が狭《せま》いなあ」

朝霧《あさぎ》さんは私《わたし》よりも体《からだ》が大《おお》きいから入《はい》りにくいよね、きっと。

ならちょっと怖《こわ》いけど……ここは私《わたし》が！

「あの、朝霧《あさぎ》さん。私《わたし》が行《い》きま……」

「それは駄目《だめ》だよ！」

えええっ！

全部《ぜんぶ》言《い》い切《き》る前《まえ》に却下《きゃっか》されちゃった!?

朝霧《あさぎ》さんは私《わたし》と向《む》き合《あ》うと、そっと私《わたし》の両肩《りょうかた》に手《て》をおいた。

「ごめんね。勝手《かって》な話《はなし》だけど。舞《まい》さん、僕《ぼく》は君《きみ》をできる限《かぎ》り危険《きけん》な目《め》にあわせたくないんだ。それでたとえ、自分《じぶん》が危険《きけん》になるとしてもね」

「朝霧《あさぎ》さん……」

そんなことを面《めん》と向《む》かって言《い》われたら恥《は》ずかしくなってしまう。

もちろん、朝霧《あさぎ》さんの気持《きも》ちは嬉《うれ》しいけど、急《きゅう》にとても照《て》れくさくなってしまった。

「それに僕《ぼく》の方《ほう》が力《ちから》も強《つよ》いし体力《たいりょく》もあるから。最初《さいしょ》の安全確認《あんぜんかくにん》は僕《ぼく》がやるよ。舞《まい》さんはこの前《まえ》の頭脳戦《ずのうせん》で活躍《かつやく》したし、体《からだ》を使《つか》うのは僕《ぼく》にやらせてよ！」

確《たし》かに、私《わたし》は体《からだ》を動《うご》かすことに関《かん》しては、かなり苦手《にがて》なんだった……。ここは素直《すなお》に朝霧《あさぎ》さんの気持《きも》ちに甘《あま》えよう。

「じゃあお願《ねが》いします。気《き》を付《つ》けてください」

「うん、ありがとう。そんなに心配《しんぱい》しないでね！」

朝霧《あさぎ》さんは早速《さっそく》、四つん這《ば》いになり入《い》り口《ぐち》をくぐった。

「朝霧《あさぎ》さん？」

私《わたし》はやっぱり不安《ふあん》になり、赤《あか》い扉《とびら》の向《む》こうへ、しゃがんで声《こえ》をかけた。

「舞《まい》さん！　大丈夫《だいじょうぶ》だよ！　ここには多分危険《たぶんきけん》はないと思《おも》う。入《はい》って来《き》てごらん」

朝霧《あさぎ》さんの言葉《ことば》に私《わたし》も小《ちい》さい扉《とびら》をくぐった。

入《い》り口《ぐち》の扉《とびら》は小《ちい》さかったけど、部屋《へや》は六畳《じょう》くらいの広《ひろ》さで天井《てんじょう》の高《たか》さも他《ほか》の部屋《へや》と同《おな》じくらい。

変《か》わったところといえば、大量《たいりょう》の紙《かみ》くずが部屋《へや》に積《つ》まれていること。

「ここ、ゴミ捨《す》て場《ば》みたいだね。ほら、ここにそう書《か》いてある」

朝霧《あさぎ》さんの指差《ゆびさ》した場所《ばしょ》には、どこか別《べつ》の場所《ばしょ》につながっているような穴《あな》とその上《うえ》に妙《みょう》なプレートがあった。

【バイト：ゴミをこの中《なか》に入《い》れてください。全《すべ》て投入《とうにゅう》で100ナイトメア入手可能《にゅうしゅかのう》】

「朝霧《あさぎ》さん、このバイトって働《はたら》いたらその分《ぶん》お金《かね》がもらえるというあのバイトのことですよね？」

「この書《か》き方《かた》だとそれっぽいね」

お金《かね》が手《て》に入《はい》るなんて今《いま》までやってきたイベントで初《はじ》めての事《こと》だ。

それに100ナイトメア？

「単位《たんい》が円《えん》じゃないんですね」

「うん。このイベント内《ない》だけで使《つか》えるお金《かね》じゃないかなぁ。舞《まい》さん、どうする？　やってみる？」

「……そうですね。多分《たぶん》、この通貨《つうか》を多《おお》く入手《にゅうしゅ》することが今回《こんかい》のイベントのキーになりそうです。やりましょう」

私《わたし》と朝霧《あさぎ》さんは協力《きょうりょく》してその穴《あな》に紙屑《かみくず》を全《すべ》て投入《とうにゅう》した。

するとコロンッと天井《てんじょう》の小《ちい》さな穴《あな》からコインが一枚《まい》落《お》ちてきた。

手《て》で触《さわ》ることができる。

これはゲーム機《き》に取《と》り込《こ》んで使《つか》うタイプのアイテムじゃないみたい。

「なんか百円《えん》みたいだね」

コインには可愛《かわい》らしい悪魔《あくま》のイラストと１００という数字《すうじ》が入《はい》っている。

「もうここには何《なに》もなさそうだね」

「元《もと》の場所《ばしょ》に戻《もど》りましょう」

私《わたし》たちが、元《もと》きた場所《ばしょ》に戻《もど》ると、杉浦《すぎうら》さんたちの姿《すがた》もあった。

翼君《つばさくん》が紙《かみ》とペンを持《も》ち、杉浦《すぎうら》さんの方《ほう》は小《ちい》さな袋《ふくろ》を持《も》っていた。

「あ、八城《やしろ》さん！　早《はや》く来《き》なよ。俺《おれ》らの調査結果《ちょうさけっか》を話《はな》したいからさ」

「あ、うん。分《わ》かったわ」

早速二人《さっそくふたり》の元《もと》に駆《か》け寄る。

「まず俺《おれ》からね。とりあえずここのマップは見《み》つけたからさ。調《しら》べた場所《ばしょ》はマークをつけてくよ。八城《やしろ》さん達《たち》も調《しら》べたところに丸《まる》を付《つ》けてくれる？」

翼君《つばさくん》からマジックを受《う》けとった。

ええと、今《いま》いるこの部屋《へや》は北東《ほくとう》の一番奥《いちばんおく》の部屋《へや》みたい。

この扉《とびら》を出《で》た先《さき》に第《だい》一工場《こうじょう》があり、そこから左《ひだり》に三本《ぼん》の通路《つうろ》があり第《だい》二工場《こうじょう》に行《い》けるようになっているみたい。

そして第《だい》二工場《こうじょう》の北《きた》にもここと同《おな》じような部屋《へや》があることが地図《ちず》で分《わ》かる。

階段《かいだん》などなくワンフロアでかなり大《おお》きいみたいだけど。

ここには外《そと》に繋《つな》がる出口《でぐち》のようなものがない？

どういうことなの？

とりあえず不良品一時保管庫《ふりょうひんいちじほかんこ》の奥《おく》の小《ちい》さな部屋《へや》に私《わたし》はチェックを入《い》れ、もう一度《いちど》地図《ちず》をじっくりとみる。

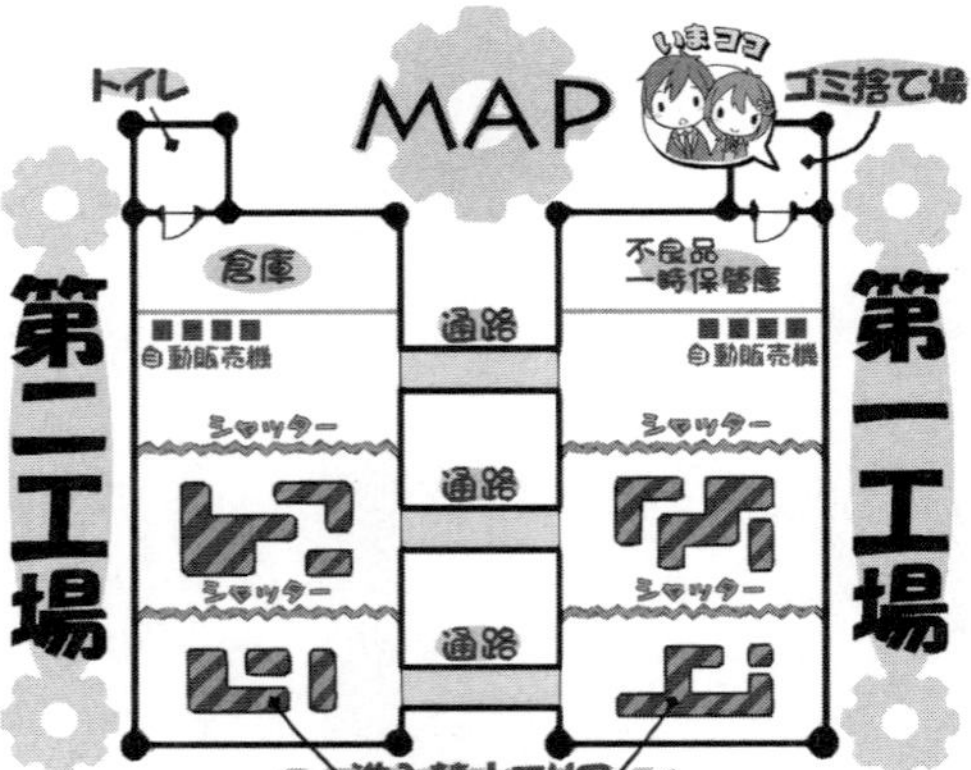

「……ふーん、八城《やしろ》さんも気付《きづ》いたんだ？」

「翼君《つばさくん》も？」

「うん、その地図《ちず》、おかしいよね。神沢《かみさわ》はフロアボスから逃《に》げろって言《い》ってたから、この鍵《かぎ》でどこかの扉《とびら》を開《あ》けて外《そと》に逃《に》げるんじゃないかと思《おも》ってたけどさ」

あ！　私《わたし》と同《おな》じ考《かんが》えだ。

「なんていうか。この地図《ちず》を見《み》てたらその可能性《かのうせい》はない気《き》がするんだよね」

「えっ!?　どういうこと？　僕《ぼく》にも分《わ》かるように説明《せつめい》してくれないか？」

「分《わ》かりやすく言《い》うと、出口《でぐち》がないということはここは現実世界《げんじつせかい》じゃない。そしてクリア申請《しんせい》ポイントはボスから逃《に》げつつ、この工場内《こうじょうない》を探《さが》す。その可能性《かのうせい》が高《たか》いってこと」

「つまりいつもと同《おな》じように水晶《すいしょう》を探《さが》し出《だ》すってことだな」

「うん、そうなるね」

——なんだか怖《こわ》いな。あの壁《かべ》のイラストの悪魔《あくま》が今回《こんかい》のフロアボスだとしたら、倒《たお》すことは不可能《ふかのう》そうだから。

「で、次《つぎ》は俺《おれ》の報告《ほうこく》だが。二千ナイトメアを入手《にゅうしゅ》できた。何《なに》に使《つか》うのかは分《わ》からねえが」

そう言《い》って杉浦《すぎうら》さんは袋《ふくろ》からコインを二十枚《まいと》取り出《だ》して見《み》せた。

「えっ……」

「ええっ!?」

私《わたし》と朝霧《あさぎ》さんは驚《おどろ》きのあまり顔《かお》を見合《みあ》わせる。

「ん？　どうした？」

「す、杉浦《すぎうら》さん、こんな短時間《たんじかん》で一体《いったい》どうやってそんなに入手《にゅうしゅ》できたんですか？　私《わたし》たちも手《て》に入《い》れたんですが百ナイトメアだったのに……」

「ああ、これか。なんか知《し》らねえが不良品《ふりょうひん》を細《こま》かくしろってのがあってな。面倒《めんどう》だから側《そば》にあった鉄板《てっぱん》をそれの上《うえ》にのせて踏《ふ》みつけてやったんだ」

「な、なるほど。確《たし》かに効率《こうりつ》が良《よ》さそうですね」

さすが杉浦《すぎうら》さんだ。破壊行動《はかいこうどう》はプロ級《きゅう》かも。

「で、お前《まえ》らはこのコインの他《ほか》に何《なに》か収穫《しゅうかく》はあったのか？」

私《わたし》たちの入手《にゅうしゅ》したコインを袋《ふくろ》に入《い》れながら杉浦《すぎうら》さんが聞《き》いてくる。

「あ、ちょっと待《ま》ってくださいね」

私《わたし》はアメリーの部屋《へや》をクリックし、メモした内容《ないよう》を見《み》せて欲《ほ》しいと頼《たの》んだ。

『これだぞ！』

得意《とくい》げにアメリーは紙《かみ》を広《ひろ》げる。

アメリーのとってくれたメモは、ひらがなだらけの上《うえ》、くにゃくにゃした文字《もじ》だ。

「ふーん、悪魔《あくま》を倒《たお》すことはできない。なぜなら黒《くろ》き体《からだ》で闇《やみ》の力《ちから》を自分《じぶん》のものにしてしまうからである、か」

えっ翼君《つばさくん》、やるなあ。

アメリーのくせのある文字《もじ》を瞬時《しゅんじ》に解読《かいどく》できちゃうなんて、意外《いがい》なところにも才能《さいのう》が。

「おい、この悪魔《あくま》ってのがここのフロアボスなのか？」

「だと思《おも》います。私《わたし》たちが探《さが》したこの部屋《へや》の奥《おく》に絵《え》があったんですが、全身《ぜんしん》が黒《くろ》くて目《め》だけが赤《あか》い、そんなオオカミに似《に》た姿《すがた》でした」

「なるほどな。まあ、とりあえずこの部屋《へや》は調《しら》べたから第《だい》一工場《こうじょう》に行《い》くか。そこの方《ほう》が逃《に》げやすいからな」

杉浦《すぎうら》さんの言《い》う通《とお》りだ。

第《だい》一工場《こうじょう》と第《だい》二工場《こうじょう》には互《たが》いをつなぐ通路《つうろ》が三本《ぼん》あり、しかも工場《こうじょう》はそれぞれ巨大《きょだい》なシャッターでどちらも三分割《ぶんかつ》されている。

それに比《くら》べ今《いま》、私《わたし》たちのいる不良品一時保管庫《ふりょうひんいちじほかんこ》と第《だい》二工場《こうじょう》の北《きた》にある倉庫《そうこ》には逃《に》げ道《みち》が南《みなみ》にある一ヶ所《しょ》だけだ。

更《さら》にこの二部屋《へや》は第《だい》一工場《こうじょう》と第《だい》二工場《こうじょう》に比《くら》べ、はるかに狭《せま》い。

つまりこの不良品一時保管庫《ふりょうひんいちじほかんこ》か倉庫《そうこ》のどちらかでフロアボスに出会《であ》えば逃《に》げるのは難《むずか》しいって事《こと》。

倉庫《そうこ》の奥《おく》にも入《はい》れそうな小部屋《こべや》が地図《ちず》では一つあるけど。

できれば行《い》きたくないなあ。

とりあえず杉浦《すぎうら》さんの指示《しじ》に従《したが》い、私《わたし》たちは第《だい》一工場《こうじょう》に入《はい》った。

「おい、あれを見《み》ろ。自動販売機《じどうはんばいき》があるぞ」

入《はい》るなり入《い》り口付近《ぐちふきん》に確《たし》かに自動販売機《じどうはんばいき》がある。

「えっ、じゃあフルップリンってあるのかな⁉」

朝霧《あさぎ》さんの目《め》がこんなときなのに、きらきらと輝《かがや》く。

朝霧《あさぎ》さんって本当《ほんとう》に好《す》きだよね……、フルップリン。でももし本当《ほんとう》に自動販売機《じどうはんばいき》なら、みんなで好《す》きな物《もの》を飲《の》むくらい良《い》いよね？

「あ！ もしかしてここで入手《にゅうしゅ》したコインはあの自動販売機《じどうはんばいき》に入《い》れて使《つか》うんじゃないですか？」

「そうかもしれないね。どんなのが買《か》えるのか行《い》ってみようよ」

自動販売機《じどうはんばいき》の前《まえ》に行《い》くと、なんとそこには缶《かん》ではなくスキルチップが並《なら》んでいた。

それぞれのスキルチップには値段《ねだん》と説明文《せつめいぶん》、それに使用可能《しようかのう》レベルが表示《ひょうじ》されている。


剣召喚《けんしょうかん》【∞】使用《しよう》レベル50　１００ナイトメア
※剣《けん》を召喚《しょうかん》する。
光《ひかり》の檻《おり》【１／１】使用《しよう》レベル10　１００ナイトメア
※敵《てき》を一分《ぷん》その場《ば》から動《うご》けなくする。

ダジャレの口《くち》【1／1】使用《しよう》レベル215　500ナイトメア

※喋《しゃべ》るたびにダジャレが勝手《かって》に口《くち》から出《で》ていく。

デッドバン【1／1】使用《しよう》レベル150　3000ナイトメア

※大爆発《だいばくはつ》を巻《ま》き起《お》こし空間《くうかん》に滞在《たいざい》する敵《てき》を何度《なんど》も攻撃《こうげき》する。

マックスヒーリング【1／1】使用《しよう》レベル20　100ナイトメア

※一人《ひとり》の体力《たいりょく》を全回復《ぜんかいふく》させる。

私《わたし》はここに来《く》るまでにレベルを234まで上《あ》げていたので、幸《さいわ》い、どのスキルチップも使用可能《しようかのう》。

良《よ》かった！

そして、私《わたし》たちが持《も》っているのは全部《ぜんぶ》で二千百ナイトメアだったはず。

「なんか明《あき》らかに一つだけふざけたスキルチップがあるな。運営《うんえい》の趣味《しゅみ》か？」

多分《たぶん》、杉浦《すぎうら》さんが言《い》っているのはダジャレの口《くち》ってやつだよね。

……明《あき》らかに不必要《ふひつよう》な技《わざ》だよね。

「まあ、とりあえず百ナイトメアで購入《こうにゅう》できるやつを全員《ぜんいん》に配《くば》っておく」

杉浦《すぎうら》さんはコインを一枚投入《まいとうにゅう》し剣召喚《けんしょうかん》のボタンを押《お》した。

「あれ？　でもこの自動販売機《じどうはんばいき》、取《と》り出《だ》し口《ぐち》がないね？」

「液晶画面《えきしょうがめん》に購入《こうにゅう》したい人間《にんげん》がナイトメアを向《む》けろって書《か》いてあるけど？　ためしに取《と》ってみるよ」

翼君《つばさくん》が率先《そっせん》してそんな提案《ていあん》をしてくれ、ナイトメアを自動販売機《じどうはんばいき》に向《む》けるとピコンという音《おと》が翼君《つばさくん》のゲーム機《き》から鳴《な》った。

「うん、取《と》り込《こ》めてるよ。じゃ、さっさと次行《つぎい》こう。早《はや》くしないとボスに見《み》つかるかもだしさ」

「よし、なら順番《じゅんばん》に行《い》くぞ」

こうして私《わたし》たちは剣召喚《けんしょうかん》・光《ひかり》の檻《おり》・マックスヒーリングのスキルチップをそれぞれ取《と》り込《こ》んだ。

これで残《のこ》りは九百ナイトメア。

「よし、じゃあ次《つぎ》は……」

ここで私《わたし》たちのナイトメアが一斉《いっせい》に点滅《てんめつ》。

――!?

《！》フロアボス接近中《せっきんちゅう》《！》
獣悪魔《じゅうあくま》バケオス
【20000／20000】

フロアボスが近《ちか》くにいる⁉

私《わたし》は急《いそ》いで周囲《しゅうい》を見回《みまわ》したけれど、まだ何者《なにもの》も視野《しや》に入《はい》っては来《こ》ない。

この部屋《へや》には左《ひだり》に行《い》く通路《つうろ》と、下《した》の部屋《へや》に行《い》く巨大《きょだい》シャッターがあるだけだ。

どうする？

私《わたし》は左側《ひだりがわ》の通路《つうろ》に目《め》を向《む》ける。

もし逃《に》げ道《みち》を間違《まちが》えば、ボスと鉢合《はちあ》わせになり、追《お》い込《こ》まれることは目《め》に見《み》えている。

だからどちらから来《く》るか分《わ》かるまでは下手《へた》に動《うご》けない。

「杉浦《すぎうら》さん、左通路《ひだりつうろ》がギリギリ見《み》える場所《ばしょ》まで移動《いどう》してくれませんか？　もしそこからフロアボスが見《み》えたらすぐに下《した》に逃《に》げましょう！」

「ああ、分《わ》かった！　たしかにそれがいいな」

私《わたし》は耳《みみ》を澄《す》ます。

トッ、トッ、トッ、トッという、床《ゆか》を踏《ふ》み歩《ある》くような音《おと》が僅《わず》かにだが聞《き》こえてくる。

「この間隔《かんかく》、四足歩行《よんそくほこう》じゃないよね。多分俺《たぶんおれ》らみたいに立《た》って歩《ある》いてるよ」

「えっ、本当《ほんとう》かい⁉　あの絵《え》では地面《じめん》に全部《ぜんぶ》の手足《てあし》を付《つ》けてたけど」

「与《あた》えられた情報《じょうほう》だけを信《しん》じちゃ駄目《だめ》ってことだよ」

翼君《つばさくん》は、驚《おどろ》く朝霧《あさぎ》さんに冷静《れいせい》にそんなことを言《い》う。

「うう、そうか。意地悪《いじわる》な絵《え》だなあ」

トットットッ……。シャ――ッ、ガコンッッ!!

今《いま》の音《おと》……シャッターの開《あ》く音《おと》じゃ!?

こんなに大《おお》きく聞《き》こえるってことは下《した》から来《き》ている?

「あのっ、下《した》からボスが!!」

「とりあえず左《ひだり》に逃《に》げるよ」

私《わたし》と翼君《つばさくん》の発言《はつげん》が被《かぶ》った。

「よし、左《ひだり》だな。行《い》くぞ、朝霧《あさぎ》!」

「は、はい!」

左《ひだり》の通路《つうろ》を逃《に》げている最中《さいちゅう》で翼君《つばさくん》と目《め》があった。

「なかなかやるじゃん、あんたも。今回《こんかい》のイベント、あっけなくクリアできちゃったりしてね」

「えっ、そ、そこまで簡単《かんたん》にいくかなぁ……」

シャ――ッ、ガコンッッ!!!

ここでまたシャッターの開《あ》く音《おと》が。

『グルルルルッ、見《み》つけたぞ……見《み》つけたぞ~』
ボ、ボスの声《こえ》だ。

見《み》つかった⁉

すごく怖《こわ》い。

どうしよう？

「くそっ、なんてスピードだ！　これじゃあ普《ふ》通《つう》に走《はし》っても追《お》いつかれちまう」

そう言《い》うと杉《すぎ》浦《うら》さんは剣《けん》召《しょう》喚《かん》のスキルチップを使《つか》い立《た》ち止《ど》まった。

「えっ、杉《すぎ》浦《うら》さん⁉」

「逃《に》げるのは性《しょう》に合《あ》わねえ、ここで仕《し》留《と》めてやる！」

ええっ！　そんな無《む》茶《ちゃ》な！

「杉《すぎ》浦《うら》さん、ボスには攻《こう》撃《げき》が通《つう》じないんですよ‼」

「そんなのやってみなきゃ分《わ》かんねーだろ！　もしかしたらあの紙《かみ》の内《ない》容《よう》だってデタラメかもしれねえし」

そう言《い》うと杉《すぎ》浦《うら》さんは襲《おそ》い掛《か》かってくる獣《じゅう》悪《あく》魔《ま》バケオスに斬《き》りかかった！

《！》バトル中《ちゅう》《！》
・慎《しん》二《じ》の剣《けん》での攻《こう》撃《げき》！
・闇《やみ》の力《ちから》で攻《こう》撃《げき》を受《う》け流《なが》す！

・獣悪魔《じゅうあくま》バケオスに0のダメージ！
・獣悪魔《じゅうあくま》バケオス（体力《たいりょく》）【20000／20000】変動《へんどう》なし

カンッと攻撃《こうげき》が跳《は》ね返《かえ》され、杉浦《すぎうら》さんは体勢《たいせい》を崩《くず》しそのままバケオスに鷲掴《わしづか》みにされてしまった。

翼君《つばさくん》の言《い》う通《とお》り本当《ほんとう》に二足歩行《にそくほこう》だ。

『ふふふ、馬鹿《ばか》め！　我《われ》を倒《たお》そうとするなんて命知《いのちし》らずな奴《やつ》だ』

「くそっ、離《はな》せこの野郎《やろう》！」

ギュウギュウとバケオスに締《し》め付《つ》けられる杉浦《すぎうら》さん。

顔《かお》が真《ま》っ赤《か》になって物《もの》すごく苦《くる》しそうだ。

しかも、杉浦《すぎうら》さんの体力《たいりょく》が物《もの》すごい勢《いきお》いで減少《げんしょう》していっている。

このままじゃマズい！　杉浦《すぎうら》さんを助《たす》けなきゃ！

「そ、そうだ！　光《ひかり》の檻《おり》を使《つか》えばいいんじゃないのか⁉」

朝霧《あさぎ》さんがスキルチップを使《つか》おうとナイトメアに手《て》をかける。

「待《ま》ってください。今使《いまつか》えばこのままの状態《じょうたい》で閉《と》じ込《こ》めてしまうかもしれません。そうなれば杉浦《すぎうら》さんが解放《かいほう》されないですよ！」

「あああ、そうか……」

Yellow

「とりあえず回復魔法《かいふくまほう》を使《つか》います！」

私《わたし》は杉浦《すぎうら》さんにナイトメアを向《む》けてマックスヒーリングを使用《しよう》した。

考《かんが》えなきゃ、杉浦《すぎうら》さんを助《たす》ける方法《ほうほう》を。

バケオスは私《わたし》たちの三倍《ばい》くらいの大《おお》きさ。

簡単《かんたん》に体当《たいあ》たりで倒《たお》したりできる相手《あいて》じゃないし……。

「く、くそう！　こうなったら……！」

朝霧《あさぎ》さんは側《そば》にあった小《ちい》さな缶《かん》を持《も》ち上《あ》げた。

まさか投《な》げつけるの？

「舞《まい》さん、翼君《つばさくん》、これをあの悪魔《あくま》の目《め》に当《あ》てるんだ！　視覚《しかく》を奪《うば》えば何《なん》とかなるかもしれない!!」

「なるほどね、やってみる価値《かち》はあるね」

「で、ですね……」

私《わたし》じゃ目《め》までは届《とど》かないかもだけど、やらないよりはマシだよね。

『馬鹿《ばか》め、そんなものが我《われ》に効《き》くと……』

バケオスは私《わたし》たちのしようとしていることに気《き》づき、余裕《よゆう》たっぷりに笑《わら》いながらこちらを向《む》く。

『――!!』

そのとき、バケオスは目《め》を見開《みひら》いたかと思《おも》うと、なぜか反対《はんたい》へ向《む》きなおり一目散《いちもくさん》に逃《に》げ出《だ》した。

しかも杉浦《すぎうら》さんを握《にぎ》っていた手《て》からこぼして。

え⁉　どうして？

「杉浦《すぎうら》さん、大丈夫《だいじょうぶ》ですか⁉」

朝霧《あさぎ》さんが杉浦《すぎうら》さんに駆《か》け寄《よ》る。

「ああ。……しかしなんだったんだ、一体《いったい》。いきなり逃《に》げ出《だ》しやがったな」

「もしかして目《め》が弱点《じゃくてん》なのかな⁉　ほら、目《め》だけ赤《あか》いし」

「そうでしょうか。目《め》に缶《かん》を当《あ》てようとした時《とき》はそこまで反応《はんのう》していなかったと思《おも》うんですけど」

「どっちかというとこの缶《かん》を見《み》てびっくりしてなかった？」

缶《かん》？

私《わたし》は今《いま》まさに投《な》げようとしていた缶《かん》のラベルを見《み》る。

【ペンキ・黄色《きいろ》】

——！　もしかして、これって⁉

みんなも気付《きづ》いたみたいだ。

「そうか！　バケオスは自分《じぶん》の体《からだ》の黒《くろ》がペンキで染《そ》まるのを恐《おそ》れていたのか！」

つまり体《からだ》の黒色《くろいろ》の部分《ぶぶん》が少《すく》なくなれば、攻撃《こうげき》が効《き》くようになる？

「よし、そうと分《わ》かればあいつの動《うご》きを止《と》めて、ペンキをぶっかけるぞ。あんなやつ、さっさとぶっ倒《たお》してやろうぜ」

杉浦《すぎうら》さんの号令《ごうれい》に翼君《つばさくん》も朝霧《あさぎ》さんも大《おお》きく頷《うなず》いている。

いつの間《ま》にか工場《こうじょう》の探索《たんさく》よりバケオスの討伐《とうばつ》が目的《もくてき》になっちゃった。

でも、これがもしかしたら正解《せいかい》なのかも？

だって向《む》こうの部屋《へや》もこっちの部屋《へや》も調《しら》べられそうな場所《ばしょ》があまりないんだもん。

第一工場《だいいちこうじょう》と第二工場内《だいにこうじょうない》は進入禁止《しんにゅうきんし》ゾーン（謎《なぞ》の黒《くろ》い小部屋《こべや》）が沢山《たくさん》あるのみ。

その小部屋《こべや》を繋《つな》ぐようにベルトコンベアーが出《で》ていて、そこからナイトメアが出荷《しゅっか》されているみたいだけど、ただ見《み》るだけでどうこう出来《でき》るわけでもない。

それにスキルチップとして、剣《けん》や攻撃魔法《こうげきまほう》が販売《はんばい》されているってことは、逆《ぎゃく》に言《い》えばボスは指定条件《していじょうけん》を満《み》たせば倒《たお》せるって事《こと》にもなる。

「ボスがこっちに来《き》たら光《ひかり》の檻《おり》で閉《と》じ込《こ》めてやる。その間《あいだ》にペンキをぶっかけて攻撃《こうげき》だ。いいな？」

「はい、分《わ》かりました」

しかし、今《いま》のところボスはこっちに来《く》る気配《けはい》がない。

「ふーん、ここにはもう来《こ》ないかもね」

「えっ？　どうしてだい？」

「ほらっ、こんなにもペンキの缶《かん》が積《つ》んであるでしょ？　俺《おれ》らに弱点《じゃくてん》がバレたことに向《む》こうも気《き》づいていたら、自分《じぶん》の弱点《じゃくてん》がある場所《ばしょ》にわざわざ来《く》ると思《おも》う？」

「た、確《たし》かに。じゃあ、僕《ぼく》らから行《い》くしかないか……」

ボスの足音《あしおと》やシャッターを開《ひら》く音《おと》は聞《き》こえない。

つまり今《いま》はどこかの部屋《へや》で身《み》を潜《ひそ》めているってことだ。

「こっから攻《せ》めるんなら準備《じゅんび》は万全《ばんぜん》にしておきたいしさ。とりあえず北《きた》の部屋《へや》を調《しら》べてみない？　まだでしょ？」

そう言《い》いながら翼君《つばさくん》はマップを見《み》ている。

確《たし》かにまだ北《きた》の部屋《へや》は調《しら》べていない。

「でもどうするの、もし調《しら》べている間《あいだ》にボスが来《き》たりしたら……」

「じゃあ、二手《ふたて》に分《わ》かれようよ。ボスが来《き》たら知《し》らせるってことでさ。それでいいでしょ？」

なんて言《い》って翼君《つばさくん》は北《きた》の部屋《へや》に向《む》かって、スタスタと歩《ある》いていく。

「えっ、ちょっと待《ま》って！　翼君《つばさくん》、単独行動《たんどくこうどう》はダメって……」

「なら、八城《やしろ》さんついてきてよ。ほら、行《い》くよ」

なんなんだろう、その頼《たの》み方《かた》は。

「もうっ……。しょうがないなあ。あの、ごめんなさい、朝霧《あさぎ》さん、杉浦《すぎうら》さん。ちょっと行《い》ってきますね」

私《わたし》は、もう部屋《へや》の中《なか》に入《はい》っていってしまった翼君《つばさくん》の後《あと》を急《いそ》いで追《お》いかけた。

「えっ舞《まい》さん!!　何《なに》かあったら叫《さけ》ぶかメールで教《おし》えてね！　すぐ行《い》くから」

朝霧《あさぎ》さんの心配《しんぱい》そうな声《こえ》を背中《せなか》で聞《き》きながら。

14 獣《じゅう》悪《あく》魔《ま》バケオスをやっつけろ!

うわっ。

翼君《つばさくん》を追《お》ってやってきた北《きた》の部屋《へや》は、倉庫《そうこ》なだけによく分《わ》からない瓶《びん》や書類《しょるい》や段《だん》ボールが棚《たな》に沢山《たくさん》積《つ》まれている。

すごい量《りょう》だ。って、感心《かんしん》している場合《ばあい》じゃない。

早《はや》く翼君《つばさくん》を探《さが》さなきゃ。

「翼《つばさ》くーん、翼《つばさ》く——ん、どこにいるの——っ!?」

辺《あた》りをキョロキョロ見回《みまわ》しながら少《すこ》し埃《ほこり》っぽい倉庫内《そうこない》を歩《ある》いていく。

「翼《つばさ》く——ん、翼《つばさ》く……」

「もうっ、うるさいなぁ! 人《ひと》を迷子《まいご》みたいに扱《あつか》わないでよね」

少《すこ》し頬《ほほ》を赤《あか》くした翼君《つばさくん》が棚《たな》の角《かど》から姿《すがた》を現《あらわ》した。

「ご、ごめん。つい……」

「ああ、そうそう。倉庫内《そうこない》に宝箱《たからばこ》があったけど。三千ナイトメア入《はい》ってたから。はい」

翼君《つばさくん》からコインを受《う》け取《と》る。

杉浦《すぎうら》さんの持《も》つものと合《あ》わせればこれで三千九百ナイトメアだ。

杉浦《すぎうら》さん達《たち》がいる部屋《へや》にも同《おな》じ自動販売機《じどうはんばいき》があったし、これならボスと対決《たいけつ》する前《まえ》にスキルチップの補充《ほじゅう》をしてもよさそう。

「他《ほか》は何《なに》もなさそうだったから奥《おく》の小部屋《こべや》に行《い》ってみようよ」

「うん、そうね」

奥《おく》に進《すす》んでいくとこちらも赤《あか》い扉《とびら》が一つ壁《かべ》についていた。

ただ、こちらのサイズは小《ちい》さくはなく普通《ふつう》だ。

「……なにこの貼《は》り紙《がみ》？」

「えっ？」

【ここは単《たん》なるトイレです。開《あ》けても良《い》いですが何《なに》もないですよ。神沢《かみさわ》より】

トイレ……？

「翼君《つばさくん》、トイレみたいだけど、一応調《いちおうしら》べる？」

「うん。とりあえず調《しら》べようよ」

翼君《つばさくん》は貼《は》り紙《がみ》を乱暴《らんぼう》に剝《は》がすとクシャクシャにした。

そして扉《とびら》を開《あ》ける。

あれ？　中《なか》は普通《ふつう》の小部屋《こべや》だった。トイレなんてどこにも見当《みあ》たらない。

「……八城《やしろ》さん、この部屋《へや》、どう思《おも》う？」

「単《たん》なる勘《かん》だけれど入《はい》らない方《ほう》がいいと思《おも》う」

「うん、俺《おれ》も同意見《どういけん》。あの床《ゆか》、明《あき》らかに怪《あや》しいよね」

一見《いっけん》すべてがタイルに見《み》える。

だけどよく見《み》るとスイッチのようなタイルが混《ま》じっているのだ。

「うん。それに左右《さゆう》の壁《かべ》。あれもおかしいわよね」

壁《かべ》には模様《もよう》にうまく紛《まぎ》れて無数《むすう》の穴《あな》が開《あ》いている。

「あれ、トイレなんてないじゃんって入《はい》っていったところでスイッチを踏《ふ》んで罠発動《わなはつどう》ってとこだろうね」

「私《わたし》もそう思《おも》う」

「んじゃ、ここには用《よう》はないし戻《もど》ろう」

「ええ……あっ！」

朝霧《あさぎり》さんから通信《つうしん》メールが。


【フロアボスがこっちに来《き》た】

――!!

「翼君《つばさくん》、ボスが朝霧《あさぎ》さん達《たち》の方《ほう》に行《い》ったみたい!」

「人数《にんずう》が減《へ》ってるのを見《み》て、今《いま》なら倒《たお》せると思《おも》ったのかもね。とりあえず急《いそ》いで戻《もど》ろう!」

「うん、そうね!」

第《だい》二工場《こうじょう》に戻《もど》ると、既《すで》に杉浦《すぎうら》さんと朝霧《あさぎ》さんがバケオスと戦闘《せんとう》していた。

ペンキの缶《かん》を開《あ》けバケオスに投《な》げつけたのか、バケオスの体《からだ》は色《いろ》こそ異《こと》なるが牛《うし》の模様《もよう》みたいになっていた。

「杉浦《すぎうら》さん、朝霧《あさぎ》さん!」

二人《ふたり》の体力《たいりょく》が半分《はんぶん》を切《き》っている。

「あっ、舞《まい》さん、翼君《つばさくん》! バケオスに攻撃《こうげき》が効《き》くようになったよ!」

朝霧《あさぎ》さんに向《む》けバケオスがブンッと腕《うで》を振《ふ》り上《あ》げてきた。

「あ、朝霧《あさぎ》さん、後《うし》ろっ!!」

「――えっ?」

朝霧《あさぎ》さんが後《うし》ろを振《ふ》り返《かえ》る。

私《わたし》は思《おも》わず手《て》で顔《かお》を覆《おお》った。

どうしよう、私《わたし》が途中《とちゅう》で声《こえ》をかけたりしたから……。

「八城《やしろ》さん、大丈夫《だいじょうぶ》そうだよ、ほら」

「えっ？」

翼君《つばさくん》に言《い》われ、私《わたし》は覆《おお》っていた手《て》をおろす。

あっ！　どうやら杉浦《すぎうら》さんが朝霧《あさぎ》さんを突《つ》き飛《と》ばして助《たす》けたみたい。

二人《ふたり》とも床《ゆか》に尻餅《しりもち》をついていた。

「あ、ありがとうございます」

「気《き》を抜《ぬ》くんじゃねぇぞ」

杉浦《すぎうら》さんはそういうと、そのままバケオスにナイトメアを向《む》けた。

シュシュシュシュッとゲーム機《き》から飛《と》び出《だ》す光《ひかり》の線《せん》。

それがバケオスを覆《おお》うように檻《おり》を形成《けいせい》した。

私《わたし》と翼君《つばさくん》は杉浦《すぎうら》さんと朝霧《あさぎ》さんに駆《か》け寄《よ》る。

「大丈夫《だいじょうぶ》ですか？」

「ああ、なんとかな。だが、これはちょっと厄介《やっかい》だ」

「どういうことさ？」

「僕《ぼく》らの攻撃《こうげき》が一回《かい》１００しか効《き》かないんだ。でもバケオスは２００００も体力《たいりょく》があるから。持久戦《じきゅうせん》になりそうなんだ」

持久戦《じきゅうせん》……。

確《たし》かにそれはかなり不利《ふり》だ。スキルチップは購入《こうにゅう》しなければならないから、いずれはコインが尽《つ》きてしまうに違《ちが》いない。

「舞《まい》、通貨《つうか》は入手《にゅうしゅ》できたか？」

「はい。杉浦《すぎうら》さんのとあわせれば三千九百ナイトメアになります」

「ならあとはテメエに任《まか》せる。お前《まえ》が俺《おれ》らの補助《ほじょ》をしてくれ」

杉浦《すぎうら》さんはコインの入《はい》った袋《ふくろ》を私《わたし》に手渡《てわた》すと、マックスヒーリングで自分《じぶん》の体力《たいりょく》を全快《ぜんかい》させバケオスの元《もと》に走《はし》っていった。

朝霧《あさぎ》さんも同《おな》じように体力《たいりょく》を回復《かいふく》し、私《わたし》を見《み》る。

「舞《まい》さん、僕《ぼく》も行《い》ってくるね」

「あの、気《き》を付《つ》けてくださいね」

「うん、ありがとう。ボスを倒《たお》せるなら倒《たお》した方《ほう》が探索《たんさく》もしやすいしね。……頑張《がんば》るよ」

「支援《しえん》は八城《やしろ》さんってことだよね。朝霧《あさぎ》さん、俺《おれ》も加勢《かせい》するよ」

そう言《い》って翼君《つばさくん》は剣《けん》を召喚《しょうかん》。

「うん、ありがとう！　じゃあ行《い》こう。あいつはこれから約《やく》一分間《ぶんかん》の間《あいだ》あの檻《おり》から出《で》ることはないけど、攻撃《こうげき》はしてくるから気《き》を付《つ》けて。さっきもそうだったんだ」

「了解《りょうかい》」

朝霧《あさぎ》さんと翼君《つばさくん》が行《い》ってしまった。

残《のこ》る私《わたし》はコインを手《て》に背後《はいご》の自動販売機《じどうはんばいき》に向《む》かう。

——何《なに》を買《か》うべきだろうか？

とりあえず先《さき》ほどの会話《かいわ》と戦闘《せんとう》の様子《ようす》から、朝霧《あさぎ》さんと杉浦《すぎうら》さんはもう剣召喚《けんしょうかん》のスキルチップしか持《も》っていないはず。

私《わたし》は光《ひかり》の檻《おり》と剣召喚《けんしょうかん》。

翼君《つばさくん》はスキルチップを全部《ぜんぶ》まだ持《も》っているはずだけど。

そんなことを考《かんが》えながら一通《ひとと》おり販売《はんばい》スキルチップを見《み》ていく。

あれ？　このスキルチップ、もしかして！

三千ナイトメアもする、デッドバンの説明《せつめい》を読《よ》む。

【大爆発《だいばくはつ》を巻《ま》き起《お》こし空間《くうかん》に滞在《たいざい》するものを何度《なんど》も攻撃《こうげき》する】

これ、対象《たいしょう》が敵《てき》より場所《ばしょ》って感《かん》じだ。

多分同《たぶんおな》じ場所《ばしょ》にとどまらせれば、何度《なんど》も攻撃《こうげき》が当《あ》たるって意味《いみ》だよね？

この値段《ねだん》だもの。

とりあえず百ナイトメアの剣召喚《けんしょうかん》よりも威力《いりょく》が高《たか》いのは目《め》に見《み》えている。

私《わたし》はナイトメアでボスの体力《たいりょく》を確認《かくにん》する。

残《のこ》り体力《たいりょく》18700。

まだ多《おお》く残《のこ》っている。

この魔法《まほう》を最大限《さいだいげん》に生《い》かすには――。

私《わたし》はデッドバンを購入《こうにゅう》し、バケオスの位置《いち》を確認《かくにん》した。

ダメだ、まだみんな近《ちか》くにいる。

あの距離《きょり》じゃ巻《ま》き込《こ》んでしまうかもしれない。

『ふふふ、ははははっ！　そんな攻撃痛《こうげきいた》くも痒《かゆ》くもない！　これなら逃《に》げるよりもさっさとお前《まえ》らを始《し》末《まつ》した方《ほう》がいいな！』

バケオスは私《わたし》たちが一度《いちど》に与《あた》えられるダメージ量《りょう》を知《し》り、安心《あんしん》しきっている。

どうしよう？　相手《あいて》はなかなか注意深《ちゅういぶか》い。

だって弱点《じゃくてん》のペンキの缶《かん》を見《み》て逃《に》げたし、私《わたし》たちが分《わ》かれた時《とき》を狙《ねら》って襲《おそ》ってきたりしたし。

ん？　まてよ？　そういえば今《いま》、私一人《わたしひとり》じゃない？

今《いま》ってバケオスに物《もの》すごく狙《ねら》われやすい状況《じょうきょう》なんじゃ……。

よし、ならこのままバケオスが私《わたし》に気《き》づくのを待《ま》とう。

私《わたし》は戦《たたか》っている三人《にん》に【いい作戦《さくせん》を思《おも》いつきました。バケオスが私《わたし》の方《ほう》に来《き》ても追《お》いかけてこないで、逆《ぎゃく》に離《はな》れてください】とメールを送《おく》った。

誰《だれ》か一人《ひとり》でも気付《きづ》いてくれるだろうか？

ソワソワしながらみんなを見《み》ていると、翼君《つばさくん》がこっちに向《む》かって小《ちい》さく手《て》をあげた。

そして朝霧《あさぎ》さんと杉浦《すぎうら》さんの方《ほう》に向《む》かっていく。

ホッ。

翼君《つばさくん》が気付《きづ》いてくれたみたい。

これで大丈夫《だいじょうぶ》。

私《わたし》はナイトメアで光《ひかり》の檻《おり》の発動《はつどう》をいつでもできるようにし、自動販売機《じどうはんばいき》の方《ほう》を見《み》た。

あえて敵《てき》に背後《はいご》を見《み》せる。

そして耳《みみ》を澄《す》ました。

ドン、バンッとバケオスが色々《いろいろ》な所《ところ》を叩《たた》いている音《おと》が聞《き》こえる。

そしてその音《おと》が一瞬《いっしゅん》やみ、タッタッタッという音《おと》に変《か》わる。

明《あき》らかにこちらに近《ちか》づいてくる足音《あしおと》。

きたっ！

私《わたし》は振《ふ》り返《かえ》り、えいっと光《ひかり》の檻《おり》を発動《はつどう》した。

シュシュシュシュ、ガシャンッッ!!

次《つぎ》の瞬間《しゅんかん》、バケオスは檻《おり》に閉《と》じ込《こ》められ動《うご》けなくなった。

朝霧《あさぎり》さん達《たち》も誰《だれ》も檻《おり》に巻《ま》き込《こ》まれていない。

良《よ》かったぁ。

『またこれか！　だが、こんなものその場《ば》から移動《いどう》できなくなるだけだぞ』

余裕《よゆう》ぶっているバケオス。

「移動《いどう》できなくなる事《こと》は怖《こわ》いって事《こと》、教《おし》えてあげる！」

私《わたし》は更《さら》にナイトメアからデッドバンを選択《せんたく》し、バケオスのいる辺《あた》りの地面《じめん》に向《む》けて発動《はつどう》した。

その瞬間《しゅんかん》、バンッ、バンッ、ドンッ！　と、物《もの》すごい爆発音《ばくはつおん》が何度《なんど》も何度《なんど》も周囲《しゅうい》に響《ひび》いた。

《戦闘結果《せんとうけっか》》
舞《まい》はデッドバンを唱《とな》えた。
・指定《してい》エリアに１００爆発《ばくはつ》！
・獣悪魔《じゅうあくま》バケオスは89爆発《ばくはつ》を受《う》けた。
・獣悪魔《じゅうあくま》バケオスにトータル１８９８０ダメージ！
【減少後体力《げんしょうごたいりょく》】

・獣悪魔《じゅうあくま》バケオス（体力《たいりょく》）【0／20000】（－18980）減少《げんしょう》
・獣悪魔《じゅうあくま》バケオスを撃破《げきは》！

『ううっ、お……のれ……ゆ、油断《ゆだん》した……』
バケオスは水《みず》が蒸発《じょうはつ》するように消《き》え去《さ》っていった。
そのバケオスがいた場所《ばしょ》に水晶玉《すいしょうだま》が転《ころ》がっている。
クリア申請《しんせい》ポイントだ。
ボスがもっていたなんて！
結局《けっきょく》ボスを倒《たお》さないと、このイベントはクリアできなかったんだ。
やっぱり神沢《かみさわ》は意地悪《いじわる》だ。
「舞《まい》さん、大丈夫《だいじょうぶ》だった⁉　すごいよ！　一瞬《いっしゅん》で敵《てき》を倒《たお》しちゃった」
朝霧《あさぎ》さんが駆《か》け寄《よ》ってきてくれる。
そうだ。ボスは今回《こんかい》、私《わたし》が倒《たお》したんだ。
私《わたし》は大《おお》きく肩《かた》で息《いき》をすると、やっと緊張感《きんちょうかん》から解放《かいほう》された。
そうして、やっと実感《じっかん》が湧《わ》いてきた。
ボスを倒《たお》せたなんて、嬉《うれ》しいな。今《いま》まではサポートがやっとだったから。

「どこも怪我《けが》はない？」

「あ、はい。大丈夫《だいじょうぶ》です」

「良《よ》かった……」

朝霧《あさぎ》さんはよほど心配《しんぱい》してくれていたのか、はあっと息《いき》を吐《は》きながら私《わたし》を包《つつ》み込《こ》むようにして抱《だ》きしめてきた。

――えっ!?

突然《とつぜん》のことに私《わたし》の顔《かお》が一気《いっき》に赤《あか》くなる。

「おい、何《なに》やってんだ、朝霧《あさぎ》……」

杉浦《すぎうら》さんの低《ひく》い声《こえ》が聞《き》こえてきた。

「えっ？……あっ！」

自分《じぶん》のしたことに気付《きづ》いたのか、朝霧《あさぎ》さんは真《ま》っ赤《か》な顔《かお》をしながらバッと私《わたし》から離《はな》れる。

「ご、ごごご、ごめん！　つい嬉《うれ》しくて……あの、その、えっと変《へん》な意味《いみ》はないんだよ」

「いえいえ。大丈夫《だいじょうぶ》ですよ。私《わたし》もボスを倒《たお》して嬉《うれ》しかったですし！」

私《わたし》はドキドキしていた気持《きも》ちを隠《かく》すようにニッコリ笑《わら》ってみた。

上手《じょうず》に笑《わら》えたか自信《じしん》はない。

さっきまでとは違《ちが》うドキドキが私《わたし》の全身《ぜんしん》をおそってきている気《き》がする。

顔《かお》、赤《あか》くなってないかな……？

「チッ、面白《おもしろ》くねえな……」

私《わたし》たちの側《そば》で、そう小《ちい》さく杉浦《すぎうら》さんが呟《つぶや》いていた。

うっ、な、なんだか気《き》まずいなあ。

「あの、それより、クリアもできましたし、早《はや》く鍵《かぎ》で外《そと》に出《で》ませんか？」

水晶玉《すいしょうだま》には鍵穴《かぎあな》がついている。

多分《たぶん》この鍵穴《かぎあな》に鍵《かぎ》を差《さ》し込《こ》めばクリアができるはず。

「そ、そ、そうだね、舞《まい》さん。そうしよう！」

「いや、ちょっと待《ま》て！　あの野郎《やろう》はどこ行《い》った!?」

「え、あの野郎《やろう》……？」

「翼君《つばさくん》がいませんね。そういえば、シャッターを開《あ》けて奥《おく》に進《すす》んでたような気《き》も……」

「くっそ！　勝手《かって》な行動《こうどう》しやがって！　とりあえずこの水晶《すいしょう》は俺《おれ》が運《はこ》ぶ。あいつを探《さが》しに行《い》くぞ」

翼君《つばさくん》、団体行動《だんたいこうどう》が出来《でき》なさすぎる！

でも、そういうのはちゃんと誰《だれ》かに言《い》ってからにしてほしいなあ。

気持《きも》ちは分《わ》かるけど！

外《そと》に出《で》る前《まえ》に全部《ぜんぶ》の部屋《へや》を見《み》てみたかったのかもしれない。

翼君《つばさくん》、私《わたし》がボスを倒《たお》したのを見《み》て、他《ほか》の部屋《へや》を探索《たんさく》しに行《い》ったのかも。

「「はい」」


翼君《つばさくん》は第一工場《だいいちこうじょう》の一番南《いちばんみなみ》にいた。

そこで進入禁止《しんにゅうきんし》と書《か》かれたガラス張《ば》りの部屋《へや》の前《まえ》に立《た》っている。

「翼君《つばさくん》？」

「ああ、来《き》たんだ」

「来《き》たんだじゃねえだろ！　勝手《かって》に行動《こうどう》しやがって」

「それよりもさ。あれ見《み》てよ」

翼君《つばさくん》の指差《ゆびさ》した先《さき》ではベルトコンベアーから流《なが》れてきたナイトメアが魔法陣《まほうじん》の上《うえ》に落下《らっか》。

そして消滅《しょうめつ》する瞬間《しゅんかん》が見《み》られる場所《ばしょ》だった。

「なんなの、これは……」

その魔法陣《まほうじん》の前《まえ》には液晶《えきしょう》パネルが取《と》り付《つ》けられている。

【……処理中《しょりちゅう》。所有者決定《しょゆうしゃけってい》・太田沙織《おおたさおり》・29歳《さい》・A型《がた》……】

色々《いろいろ》な個人情報《こじんじょうほう》が表示《ひょうじ》されていく。

「これ、もしかしてナイトメアが出荷《しゅっか》される最終工程《さいしゅうこうてい》なんじゃない？」

「ぶっ壊《こわ》せねえのか？　そうすればすべてが終《お》わるんだが」

杉浦《すぎうら》さんのいうことはごもっともだけど、多分《たぶん》この進入禁止《しんにゅうきんし》ゾーンには手《て》を出《だ》してはいけないと思《おも》う。

神沢《かみさわ》の言《い》っていた通《とお》りゲームオーバーになってしまうに違《ちが》いない。

「気持《きも》ちは分《わ》かるけどさ。俺達《おれたち》にはできることはもうないみたいだね。少《すく》なくともこのイベント内《ない》ではね」

「チッ、そうだな。用《よう》がないならさっさと帰《かえ》るか」

「あの……いずれはこの機械《きかい》を停止《ていし》させられますよね？」

「うん、大丈夫《だいじょうぶ》だよ、きっと。最後《さいご》は僕達《ぼくたち》が勝《か》つんだ！　だから帰《かえ》ろう、舞《まい》さん」

私《わたし》はコクッと頷《うなず》き、鍵《かぎ》を水晶玉《すいしょうだま》に差《さ》し込《こ》むと申請処理《しんせいしょり》をした。

《クリア報告書《ほうこくしょ》》

†プレイヤー1†

八城《やしろ》　舞《まい》
体力《たいりょく》【5000／5000】
《アイテム所持《しょじ》》【剣召喚《けんしょうかん》】

†プレイヤー2†
朝霧《あさぎ》　退助《たいすけ》
体力《たいりょく》【2470／5000】
《アイテム所持《しょじ》》【剣召喚《けんしょうかん》】

†プレイヤー3†
杉浦《すぎうら》　慎二《しんじ》
体力《たいりょく》【2780／5000】
《アイテム所持《しょじ》》【剣召喚《けんしょうかん》】

†プレイヤー4†
海津《かいつ》　翼《つばさ》

体力《たいりょく》【3300/5000】

《アイテム所持《しょじ》》【剣召喚《けんしょうかん》・マックスヒーリング・光《ひかり》の檻《おり》】

※この四名《めい》は、灰《はい》のイベントをクリアした事《こと》を証明《しょうめい》します。

【クリアボーナス】

後日送付《ごじつそうふ》

※前回《ぜんかい》と同《おな》じく、元《もと》の世界《せかい》に帰《かえ》ったと同時《どうじ》にナイトメアはメンテナンスに入《はい》ります。

15 待《ま》ってくれた仲間《なかま》

目《め》を開《あ》けると、そこはいつもと変《か》わらないナイトメア攻略部《こうりゃくぶ》の部室《ぶしつ》だった。

私《わたし》たち四人《にん》が同時《どうじ》に目《め》を覚《さ》ましたのを見《み》てみんなが一斉《いっせい》に駆《か》け寄《よ》ってくる。

「おめでとう、舞《まい》ちゃん」

「良《よ》かったぁ！　参加《さんか》してないあたしもめちゃくちゃドキドキしちゃった。ホントおめでとう」

「うん、ありがとう！」

尚美《なおみ》ちゃんと陽子《ようこ》さんの笑顔《えがお》。

今回《こんかい》も無事《ぶじ》に戻《もど》ってこられたことに、ホッとする。

「杉浦《すぎうら》さん、お帰《かえ》りっすよ！」

「ああ、太一《たいち》か」

「無事《ぶじ》で良《よ》かったっす。ところで朝霧《あさぎ》より活躍《かつやく》して舞《まい》に良《い》いところは見《み》せられたんっすか？」

「はあ!?　なんだよそれは！」

怖《こわ》い顔《かお》で耳《みみ》を触《さわ》りつつ、太一《たいち》さんを怒鳴《どな》りつける杉浦《すぎうら》さん。ひいっと太一《たいち》さんが身構《みがま》えたところで

——。

「ボス、お帰《かえ》りなさいませっ！」

蛸島《たこじま》さんが寄《よ》ってきて、杉浦《すぎうら》さんに頭《あたま》を下《さ》げだした。

「おい、だからその呼《よ》び方《かた》はやめろって言《い》ってんだろ！」

「おい、蛸島《たこじま》。ボスじゃなくて杉浦番長《すぎうらばんちょう》じゃなかったっけ？」

「ああっ、そうだったぜ！　これは杉浦番長《すぎうらばんちょう》、まことに失礼《しつれい》いたしましたっ！」

「……」

杉浦《すぎうら》さんはうんざりした様子《ようす》で黙《だま》り込《こ》んでいる。

「翼《つばさ》、大丈夫《だいじょうぶ》だったんだね、良《よ》かったあ」

今度《こんど》は宮沢《みやざわ》さん達《たち》が翼君《つばさくん》に寄《よ》ってくる。

「フン、大《たい》したことなかったよ。今回《こんかい》は誰《だれ》もゲームオーバーにならなかったしね」

「やっぱり翼《つばさ》はすごいな。本当《ほんとう》に中学生《ちゅうがくせい》なのかよ」

滝本《たきもと》さんが感心《かんしん》した様子《ようす》で翼君《つばさくん》を見《み》ている。

「う～ん、僕《ぼく》ちんよりも頭良《あたまよ》かったりして」

「そうね。内藤《ないとう》さんよりは絶対《ぜったい》に頭《あたま》がいいのは確《たし》かね！」

「ぶえっ!?　ありさしゃん、ひどい～」

「てか、おっさんは？　見当《みあ》たらないけど」

そう翼君《つばさくん》が言《い》ったとき、メガ盛《も》りの牛丼《ぎゅうどん》を持《も》って走《はし》ってくる田中《たなか》さんの姿《すがた》が目《め》に入《はい》った。

「おーい、翼《つばさ》！　お祝《いわ》いの品《しな》持《も》ってきたぞ！　ワシ特製《とくせい》の汁《しる》だく肉《にく》てんこもり牛丼《ぎゅうどん》だ。うれしくて涙《なみだ》が出《で》るだろう!!」

翼君《つばさくん》はその巨大《きょだい》な牛丼《ぎゅうどん》を見《み》て明《あき》らかに引《ひ》いている。

五人前《にんまえ》はあるよね、あれ……。

「……あっそ。とりあえず食堂《しょくどう》にいこ。みんなで分《わ》けて食《く》おうぜ、それ」

「やった――!!」

一人大喜《ひとりおおよろこ》びの田中《たなか》さん。

「はあ、ホントはおっさんが食《た》べたいだけじゃないの、これ。明《あき》らかにおっさんサイズだろ、この牛丼《ぎゅうどん》はさ」

そんな独《ひと》り言《ごと》を言《い》いながら翼君《つばさくん》はメンバーと食堂《しょくどう》に移動《いどう》していった。

「あ、あのぉ、朝霧《あさぎ》さん。クリアおめでとう……」

「おめでとうございます」

「ミャ――、ミャ――」

次《つぎ》に金田《かねだ》さんと増田《ますだ》さんとミュータが朝霧《あさぎ》さんの元《もと》にやってきた。

「ありがとう、金田君《かねだくん》、増田《ますだ》さん。それにミュータも」

「皆《みな》さん、本当《ほんとう》にお疲《つか》れ様《さま》でした。今回《こんかい》は食堂《しょくどう》でパーティを用意《ようい》してみたんです。絶対《ぜったい》に無事《ぶじ》かえってくるって信《しん》じてましたから。行《い》きませんか」

ここで猫《ねこ》まんまをもった平田《ひらた》さんが走《はし》ってきた。

でもかなり遅《おそ》い。

走《はし》っているけど、なんていうか、のそのそっとした感《かん》じだ。

「……うーん。いきなりミュータが走《はし》り出《だ》したと思《おも》ったら……そういうことか。……クリアしたんだね
……おめでとう」

あの走《はし》るスピード。

平田《ひらた》さんって運動苦手《うんどうにがて》なのかな？　もしかして私《わたし》と同《おな》じ？

なんて思《おも》っていたら——。

「……うん……僕《ぼく》も運動苦手《うんどうにがて》……同《おな》じ……」

目《め》を細《ほそ》めて平田《ひらた》さんがニコッと笑《わら》った。

すごい、なんだか平田《ひらた》さんとなら口《くち》の代償損失《だいしょうそんしつ》をしても普通《ふつう》に会話《かいわ》できそうだよね。

「……できるかもね、ふふ……」

またまた平田《ひらた》さんが笑《わら》う。

「えっ⁉　ねえ、何《なん》の話《はなし》してるんだい⁉　僕《ぼく》にも教《おし》えてよ？」

朝霧《あさぎ》さんが私《わたし》と平田《ひらた》さんの顔《かお》を交互《こうご》に見《み》る。

「あはは、出《で》た！　朝霧《あさぎ》さんの嫉妬攻撃《しっとこうげき》！　面倒《めんどう》くさいね〜」

陽子《ようこ》さんが、ケラケラと笑《わら》いながら、朝霧《あさぎ》さんをからかう。

「ええっ、これは面倒《めんどう》くさくないでしょ？　普通《ふつう》だよね、ねえ杉浦《すぎうら》さん⁉」

「はあ？　俺《おれ》は知《し》らねぇよ、それぐらい自分《じぶん》で判断《はんだん》しやがれ！」

「ははっ、朝霧《あさぎ》、杉浦《すぎうら》さんにその手《て》の質問《しつもん》をしても無駄《むだ》っすよ。だって杉浦《すぎうら》さんも焼《や》き餅《もち》や……」

「おいっ、なんだと⁉」

「おっ、杉浦番長《すぎうらばんちょう》が喧嘩《けんか》するぞ！　応援《おうえん》するぞ、赤石《あかいし》！　フレーフレー、す・ぎ・う・ら！」

「えっ、ちょっ！　いや、そんなことより僕《ぼく》は陽子《ようこ》さんと話《はなし》がしたいのに〜」

一気《いっき》に部室《ぶしつ》がにぎやかになった。

「舞《まい》ちゃん、今《いま》のうちに先《さき》に食堂《しょくどう》行《い》こうよ！　今《いま》なら美味《おい》しいもの食《た》べ放題《ほうだい》だよ〜」

「でもいいのかな？」

「ふふ。心配《しんぱい》しなくてもみんなも後《あと》から来《く》るわ。増田《ますだ》さんと平田《ひらた》さんに頼《たの》んであるから大丈夫《だいじょうぶ》！　ね？」

尚美《なおみ》ちゃんがそう言《い》うならいいかな？

そう思《おも》って、私《わたし》は尚美《なおみ》ちゃんと食堂《しょくどう》に移動《いどう》。

牛丼《ぎゅうどん》、カレーなどのメインの食《た》べ物《もの》から、クッキーやチョコなどのお菓子《かし》までが、豪華《ごうか》に並《なら》んだテーブルにつき、私《わたし》は尚美《なおみ》ちゃんと陽子《ようこ》さんにイベントで起《お》きたことを話《はな》した。

そしてあの箱《はこ》を収《おさ》めてきたことも。

一歩前進《いっぽぜんしん》したんだって二人《ふたり》とも喜《よろこ》んでくれた。

後《あと》でナイトメア攻略部《こうりゃくぶ》のみんなにも教《おし》えてあげなきゃね。

あ！　私《わたし》はナイトメアを取《と》り出《だ》し、アメリーの部屋《へや》をクリックした。

「アメリー、今回《こんかい》もイベントクリアできたよ」

『舞《まい》！　おめでとう』

アメリーは色《いろ》とりどりの飴《あめ》の包《つつ》み紙《がみ》を一気《いっき》に撒《ま》き散《ち》らした。

クラッカーの代《か》わりかな？

「ありがとう、アメリー！　次《つぎ》も頑張《がんば》るね」

『うん、私《わたし》、ずっと舞《まい》の味方《みかた》！　これからも応援《おうえん》する！』

攻略部《こうりゃくぶ》のみんなやアメリー。

私《わたし》には沢山《たくさん》の応援《おうえん》してくれる人《ひと》がいる。

だから必《かなら》ずナイトメアの謎《なぞ》を解《と》き明《あ》かして見《み》せる。

覚《さ》めない夢《ゆめ》はない。
悪夢《あくむ》だって同《おな》じだ。
私《わたし》たちが力《ちから》をあわせれば悪夢《あくむ》から覚《さ》めることができる。
――絶対《ぜったい》に。

「オンライン！7　ハニワどろちゃんと獣悪魔《じゅうあくま》バケオス」　完《かん》

オンライン！7巻《かん》を読《よ》んでいただき
ありがとうございます!!
たくさんの応援《おうえん》メッセージ、うれしいです！
ケロー
わーい♪
ケロちゃん
作者《さくしゃ》
ぴょんちゃん
よ～し、今回《こんかい》はアレをするか
ふふふ
ニヤリ
アレって…？
みんなからもらった応援《おうえん》メッセージを攻略部《こうりゃくぶ》のメンバーに届《とど》けます！
どどん
たくさんありがとうございます！
ケロちゃんぴょんちゃんたのむよ！
おおーっ！

わっせ
わっせ
僕《ぼく》たちがお届《とど》けしまーす♡
ケロッ
ナイトメア
攻略《こうりゃく》部《ぶ》様《さま》へ
メッセージ一部紹介《いちぶしょうかい》
朝霧《あさぎ》さんカッコイイ！朝霧《あさぎ》さんみたいな人《ひと》がクラスにいればなぁ
舞《まい》ちゃんはかわいいですね！僕《ぼく》も朝霧《あさぎ》さんみたいな友《とも》だちがほしいです。
アメリーかわいいすぎ
イケメンの杉浦《すぎうら》さんを描《か》こうとチャレンジしました♡下敷《したじ》きに挟《はさ》んで授業中《じゅぎょうちゅう》ニヤニヤしてみてます。ノートにも貼《は》りました♡
朝霧《あさぎ》さんと杉浦《すぎうら》さんと翼《つばさ》くんで舞《まい》を取《と》り合《あ》うってことになったらだれを応援《おうえん》しよう!?
ナイトメア
攻略《こうりゃく》部《ぶ》様《さま》へ
毎回《まいかい》舞《まい》が色々《いろいろ》な敵《てき》と戦《たたか》うシーンがすごく好《す》きです！
舞《まい》ちゃんと朝霧《あさぎ》さんのプレイがすごくナイスです！

こんにちわー。
ナイトメア攻略部《こうりゃくぶ》
おたより持《も》ってきましたよ〜♪
ナイトメア攻略部《こうりゃくぶ》
わぁ！こんなにたくさんの応援《おうえん》メッセージがあるんですか!? あっアメリーにも届《とど》いてるよ
舞《まい》
おっ杉浦《すぎうら》さんにメッセージがいっぱいっすよ さすがっすね〜
太一《たいち》
ふんっ朝霧《あさぎ》よりオレを選《えら》んだ奴《やつ》もいるのか…。(なかなかセンスがあるじゃねぇか)
杉浦《すぎうら》
うわー なんだかうれしいなぁ このお手紙《てがみ》は僕《ぼく》の宝物《たからもの》にしようっと ○_○
朝霧《あさぎ》

ただいまー！
届《とど》けてきたケロ〜〜♪
あっ……やっぱり
ねてる
もう〜〜毎回《まいかい》仕方《しかた》がないケロね〜〜
やれやれ
って……えええ
むっ?!
パサッ
で〜ん
ギャ〜
ふっふっふ…このあとがきマンガを楽《たの》しみにしてくださる方《がた》もいるようなので、今回《こんかい》は寝《ね》ずに最後《さいご》までがんばってみました
ニヤリ
では、みなさま今後《こんご》もオンライン！をよろしくお願《ねが》いしますっ！

角川つばさ文庫

雨蛙ミドリ／作

兵庫県生まれ。小説・コミック投稿コミュニティ「E☆エブリスタ」に『オンライン』を投稿し、たちまち人気作品となる。大のカエル好き。

大塚真一郎／絵

熊本県生まれ。イラストレーター。本の挿絵だけでなく、ゲームのキャラクターデザインやイラストレーターとしても活躍。

「サモンナイト クラフトソード物語」シリーズのキャラクターデザインなどを手がける。

角川《かどかわ》つばさ文庫《ぶんこ》　Aあ5-7

オンライン！７

ハニワどろちゃんと獣悪魔《じゅうあくま》バケオス

作《さく》　雨蛙《あまがえる》ミドリ
絵《え》　大塚真一郎《おおつかしんいちろう》

2015年２月15日　初版発行

発行者　青柳昌行
発行所　株式会社KADOKAWA
〒102-8177　東京都千代田区富士見 2-13-3
0570-060-555（ナビダイヤル）
http://www.kadokawa.co.jp/
編　集　エンターブレイン
〒104-8441　東京都中央区築地 1-13-1　銀座松竹スクエア
印　刷　大日本印刷株式会社
製　本　大日本印刷株式会社
装　丁　ムシカゴグラフィクス

ISBN978-4-04-631489-5　C8293　N.D.C.913　208p　18cm

読者のみなさまからのお便りをお待ちしています。
いただいたお便りは、編集部から著者へおわたしいたします。

角川つばさ文庫発刊のことば

角川グループでは『セーラー服と機関銃』(81)、『時をかける少女』(83・06)、『ぼくらの七日間戦争』(88)、『リング』(98)、『ブレイブ・ストーリー』(06)、『バッテリー』(07)、『DIVE!!』(08) など、角川文庫と映像とのメディアミックスによって、「読書の楽しみ」を提供してきました。

角川文庫創刊60周年を期に、十代の読書体験を調べてみたところ、角川グループの発行するさまざまなジャンルの文庫が、小・中学校でたくさん読まれていることを知りました。

そこで、文庫を読む前のさらに若いみなさんに、スポーツやマンガやゲームと同じように「本を読むこと」を体験してもらいたいと「角川つばさ文庫」をつくりました。

読書は自転車と同じように、最初は少しの練習が必要です。しかし、読んでいく楽しさを知れば、どんな遠くの世界にも自分の速度で出かけることができます。それは、想像力という「つばさ」を手に入れたことにほかなりません。

「角川つばさ文庫」では、読者のみなさんといっしょに成長していける、新しい物語、新しいノンフィクション、角川グループのベストセラー、ライトノベル、ファンタジー、クラシックスなど、はば広いジャンルの物語に出会える「場」を、みなさんとつくっていきたいと考えています。

読んだ人の数だけ生まれる豊かな物語の世界。そこで体験する喜びや悲しみ、くやしさや恐ろしさは、本の世界の出来事ではありますが、みなさんの心を確実にゆさぶり、やがて知となり実となる「種」を残してくれるでしょう。

かつての角川文庫の読者がそうであったように、「角川つばさ文庫」の読者のみなさんが、その「種」から「21世紀のエンタテインメント」をつくっていってくれたなら、こんなにうれしいことはありません。

物語の世界を自分の「つばさ」で自由自在に飛び、自分で未来をきりひらいていってください。

ひらけば、どこへでも。——角川つばさ文庫の願いです。

角川つばさ文庫編集部